FOLIO JUNIOR
Les universels

Dans la même collection

L'Iliade
Ancien Testament I
Tristan et Iseut

A paraître prochainement

Ancien Testament II
L'Odyssée
Le Coran
Héros de la mythologie romaine

© Éditions Gallimard Jeunesse, 2006

Collection dirigée par Claude Gutman

Présentation générale

Qu'ils soient nommés « fondateurs », « fondamentaux », « essentiels »..., certains livres ont eu une telle importance dans l'histoire des civilisations, à différents moments de leur existence, qu'il semble indispensable d'en proposer la lecture, permettant ainsi au lecteur de posséder les outils nécessaires pour déchiffrer le monde qui l'entoure. Si un « cheval de Troie » attaque son ordinateur, c'est que l'*Iliade* et l'*Odyssée* continuent toujours à nous solliciter.

Offrir ces textes universels, c'est mesurer le chemin parcouru depuis leur naissance, en revenant aux sources, pour montrer ce qu'ils étaient précisément, dépouillés de toutes les déformations subies par les siècles. C'est cesser de confondre les œuvres elles-mêmes avec les commentaires, histoires, légendes qui les accompagnent.

Nous retournerons donc aux textes, à leur authenticité, chaque fois que nous le pourrons, sans nous interdire, s'il le faut, d'autres formes d'approches plus aptes à présenter ces textes universels à un vaste public. Nous nous fonderons, autant que faire se peut, sur les textes originaux (en hébreu, grec, latin, chinois...) dans des traductions nouvelles écrites dans un français contemporain et compréhensible. Ni savant, ni démagogique, dans le respect du lecteur et des œuvres, Folio Junior Les universels forme l'entreprise d'offrir à la lecture contemporaine des ouvrages parfois vieux de plusieurs milliers d'années et qui sont le socle de notre culture qu'on ne saurait limiter au monde occidental. Il est des « essentiels » comme la Bible ou le Coran... Il en est d'autres d'Asie, d'Amérique du Nord ou du Sud, des pays nordiques, d'Afrique... qui méritent tout autant d'attention. Nous ne nous interdisons aucune piste pour offrir aux lecteurs ces assises culturelles sans lesquelles nous ne serions pas qui nous sommes.

Notre volonté sera marquée par la simplicité, la lisibilité. Nous voulons donner envie de lire.

A celui qui voudrait approfondir ses savoirs, un cahier illustré - qui ne prétend à aucune exhaustivité - donnera quelques clés nécessaires pour décrypter les œuvres d'art qui l'entourent et qui sont nées de ces textes. Qu'en est-il de la peinture, de la littérature, de la sculpture, de la musique, du cinéma, de la publicité... issus de ces ouvrages qu'on croit arides, à tort? Rien de rebutant, rien de pédant: juste quelques pistes pour aller plus loin. Si nous y parvenons, ce sera un pas fait vers les autres, leurs cultures, par le biais des textes. Se réapproprier son héritage culturel et s'ouvrir à celui des autres: un objectif à la fois modeste et ambitieux. C'est le pari de Folio Junior Les universels.

Claude Gutman

Les héros de la mythologie grecque

par Marie-Thérèse Adam

GALLIMARD JEUNESSE

Qu'est-ce qu'un héros ?

Pour Hésiode, poète grec du VIIIe siècle avant notre ère, le héros est le fils d'un dieu et d'une mortelle (parfois l'inverse). Homère, à peu près à la même époque, le présente comme un homme d'un courage ou d'un mérite supérieur, favori particulier d'un dieu. Plus tard le sens du mot « héros » s'affaiblira – le héros est celui qui montre une grande valeur au combat – et s'élargira : c'est un homme de haute vertu, de grande valeur morale. Actuellement, on appelle même héros celui qui attire l'attention publique, comme dans l'expression « le héros d'un jour » ou, en littérature, le personnage principal d'une pièce de théâtre ou d'un roman.

Les héros de la mythologie grecque répondent aux deux premières définitions. Ils sont fils ou descendants de dieux, comme Héraclès ou Agamemnon, et bénéficient de leur faveur. Ils appartiennent au monde des rois. Leur conception a lieu dans des circonstances extraordinaires. Leur naissance est généralement annoncée par des présages et elle est difficile.

A la naissance le héros est souvent abandonné. C'est le cas pour Œdipe, Atalante et bien d'autres. Ou bien il est caché, comme Thésée. Mais le héros va se révéler au monde par une série de hauts faits qui laissent éclater sa supériorité : combats contre des monstres, contre des bandits, épreuves. Ce sont les « travaux » d'Héraclès, de Thésée ou les expéditions comme celle de Jason avec les Argonautes. Ils sont perçus comme des sauveurs : Persée délivre Andromède, Thésée sauve Athènes de la domination du roi de Crète, Minos. Le héros a pour fonction de rendre le monde harmonieux en le nettoyant de tous les monstres, toutes les créatures hybrides nées des premières amours de Gaïa, la Terre, la déesse primordiale.

Cependant le héros peut être victime de son *hybris*, c'est-à-dire de son orgueil, très exactement de sa démesure, qui l'amène à vouloir égaler les dieux.

La mort du héros est exceptionnellement une apothéose, c'est-à-dire une montée dans l'Olympe, comme c'est le cas pour Héraclès. Plus simplement les héros restent honorés après leur mort et on leur bâtit des temples.

Il y a peu d'héroïnes, sans doute à cause de la place qu'on assigne à la femme dans la société grecque. Les femmes combattantes, comme les Amazones, apparaissent comme inquiétantes et sont assez souvent vaincues ou séduites par les héros virils comme Thésée et Héraclès.

L'héroïne doit être une vierge, comme Atalante, et perd son statut une fois mariée. La femme est plutôt présentée comme le repos du guerrier ou bien elle est synonyme de désordre, d'amollissement et de menace pour le héros. On peut citer pour Héraclès Omphale qui lui faisait filer la laine ou Déjanire dont la jalousie provoqua la mort du héros.

Pour les Grecs, les héros n'étaient pas que des personnages de beaux contes. Ils étaient liés à la vie des cités[1] grecques. Ils y étaient honorés comme leurs fondateurs ou leurs sauveurs. Ils étaient l'objet de cultes, de cérémonies et avaient leur temple dans leur ville ou parfois, comme Héraclès, dans toute la Grèce.

1► La Grèce ne formait pas dans l'Antiquité un seul État. Son territoire était partagé en cités, souvent rivales, parfois en guerre les unes contre les autres, bien que toutes se considèrent comme grecques et supérieures à tous leurs voisins barbares.

Dieux grecs et romains

La religion latine et la religion grecque sont proches. Mais la plupart des mythes et des légendes sont grecs. Cependant, dès le VIe siècle avant notre ère, quand ils se sont rapprochés des Grecs, lors de relations commerciales ou de la conquête de la Grèce par Rome au IIe siècle avant notre ère, les Romains ont assimilé les dieux grecs à leurs dieux en gardant leurs noms latins. Ils ont agi de même pour certains héros. Voici donc les correspondances entre leurs noms.

Les Grecs	**Les Romains**
Aphrodite	Vénus
Arès	Mars
Artémis	Diane
Athéna	Minerve
Cronos	Saturne
Déméter	Cérès
Dionysos	Bacchus
Les Érinyes	Les Furies
Hadès	Pluton
Héphaïstos	Vulcain
Héra	Junon
Héraclès	Hercule
Hermès	Mercure
Les Moires	Les Parques
Odysseus	Ulysse
Perséphone	Proserpine
Poséidon	Neptune
Zeus	Jupiter

Généalogie des dieux grecs

Gaïa, la Terre, est considérée comme l'origine de toute création. Seule, elle enfanta Ouranos, le Ciel, puis s'unit à lui. Ils eurent de nombreux enfants parmi lesquels six fils, les Titans, et six filles, les Titanides, qui s'unirent à leurs frères pour enfanter de nombreuses divinités.

Le plus jeune des Titans, Cronos, émascula son père Ouranos pour prendre le pouvoir. Il épousa sa sœur Rhéa. Elle eut de lui deux fils, Hadès et Poséidon, et trois filles, Héra, Déméter et Hestia, qu'il dévora de peur qu'ils ne le chassent du pouvoir, comme lui-même l'avait fait avec son père. Rhéa réussit à sauver son sixième enfant, Zeus, et le cacha. Devenu adulte, le dieu vainquit son père, délivra ses frères et sœurs et devint le maître des dieux. Les trois frères se partagèrent l'empire de l'univers.

Hadès enleva Perséphone, la fille de Déméter, pour en faire son épouse et régner avec elle sur le royaume des morts. Poséidon épousa Amphitrite, une fille du vieillard de la mer Nérée, lui-même fils de Gaïa. Ils régnèrent sur les mers. Zeus se maria avec sa sœur Héra. Ils eurent trois enfants : Arès, Hébé et Ilithye. Héphaïstos est considéré comme le fils de Zeus et d'Héra mais on dit aussi qu'Héra l'aurait engendré seule.

Zeus a eu de nombreux autres enfants. Certains sont des dieux.

Zeus et Métis ont eu Athéna.

Zeus et Maïa ont eu Hermès.

Zeus et Léto ont eu les jumeaux Apollon et Artémis.

Zeus et Sémélé ont eu Dionysos.

Selon certains mythes, Aphrodite est considérée comme la fille de Zeus et de Dioné mais on raconte aussi qu'elle est née du sperme d'Ouranos quand celui-ci a été émasculé par son fils Cronos. Aphrodite est femme d'Héphaïstos mais c'est son amant Arès qui lui a donné un fils, Eros.

Le séjour de Zeus et des dieux, quand ils ne sont pas présents dans leurs temples terrestres, est l'Olympe. Les plus anciens des Grecs le confondaient avec une montagne située au nord de la Grèce mais peu à peu on a distingué la montagne du séjour céleste des dieux. On appelle les dieux de la génération de Zeus et de la génération suivante les dieux olympiens, même s'ils n'y résident pas, comme Hadès qui ne quitte jamais le séjour souterrain des Enfers. Les dieux forment une famille.

Il y a douze « grands » dieux olympiens : Zeus, Poséidon, Hadès, Héra, Déméter, Hestia, Athéna, Apollon, Artémis, Arès, Hermès, Héphaïstos.

On peut voir que les dieux, particulièrement les Olympiens, sont « anthropomorphes » c'est-à-dire qu'ils ont l'apparence des êtres humains. Ils en ont également la psychologie : dans l'Olympe, il y a bien souvent des rancœurs, des crises de jalousie, des éclats de colère.

Chaque dieu a une fonction et est souvent représenté avec un animal, une plante ou un objet qui le caractérise.

Ces fonctions et ces attributs sont répertoriés dans le tableau suivant :

Dieu	Fonction	Attribut
Zeus	Maître des dieux. Il préside aux manifestations célestes : lumière, ciel clair, pluie, éclairs…	La foudre. L'aigle.
Héra	Déesse du Mariage. Protectrice des épouses.	Le paon.
Poséidon	Dieu de la Mer. Il peut provoquer des tempêtes, faire jaillir des sources.	Le trident. Le dieu est monté sur un char tiré par des animaux marins.
Hadès	Dieu des Enfers. Il règne sur les morts et les richesses souterraines. On l'appelle Ploutos, (le riche).	Une corne d'abondance, symbole des richesses de la terre.
Hestia	Déesse du Foyer.	
Déméter	Déesse des Moissons, du Blé, des Terres cultivées.	L'épi.
Perséphone	Déesse des Enfers.	

Arès	Dieu de la Guerre.	Le chien. Le vautour. Le casque et la lance.
Héphaïstos	Dieu du Feu, des Métaux de la Métallurgie. Forgeron des dieux, aidé des Cyclopes, ses ateliers sont dans les volcans.	On le représente souvent avec un marteau.
Hébé	Déesse de la Jeunesse.	
Athéna	Déesse de la Sagesse.	La chouette. L'olivier. Représentée armée d'une lance, d'un casque et de l'égide.
Aphrodite	Déesse de l'Amour.	La colombe. Le cygne. La rose et le myrte. Représentée nue.
Éros	Dieu de l'Amour.	L'arc et les flèches. Représenté comme un jeune homme ou un petit enfant ailé.

Hermès	Dieu des Routes, des Voyageurs, du Commerce et des Voleurs. Messager des dieux.	Le caducée. Il est chaussé de sandales ailées et d'un chapeau de voyageur, à larges bords, le pétase.
Apollon	Dieu de la Musique, de la Poésie et de la Divination. Il conduit le char du Soleil.	La lyre, le laurier. Le dauphin. Le loup. Souvent accompagné des Muses.
Artémis	Déesse de la Chasse. Personnification de la Lune.	Souvent représentée avec un arc et un carquois.
Dionysos (Bacchos)	Dieu de la Vigne et du Vin. Il donne l'inspiration.	Une couronne de lierre, une grappe de raisin, le thyrse (bâton entouré de lierre et de vigne).
Ilithye	Elle préside aux enfantements.	

Oracles et devins

Dans l'Antiquité, les Grecs croyaient que le destin des hommes était fixé à l'avance. Ce destin était personnifié par trois sœurs, les Moires[1], plus connues sous leur nom latin de Parques. L'une filait le fil de la vie, la deuxième l'enroulait et la troisième le coupait. Si l'homme ne pouvait échapper à son destin, il pouvait tenter de le connaître.

On appelle oracle la réponse qu'une divinité donne à ceux qui la consultent dans certains lieux sacrés. Par extension, on nomme aussi oracle l'interprète du dieu, et même le lieu où est donnée cette réponse.

C'est la déesse Thémis, déesse des lois et de la justice, souvent considérée comme la mère des Moires, qui a inventé l'art de la divination ou art des oracles, que l'on appelait en Grèce la « parole éternelle[2] ». Elle l'a enseigné au dieu Apollon qui voit l'avenir et a pu ainsi le révéler. Dans ses différents temples, il inspirait des prophétesses qui transmettaient ses oracles par des sons inarticulés ou des vers qu'interprétaient les prêtres. Les oracles étaient souvent ambigus et difficiles à comprendre.

Apollon inspirait également des devins, hommes ou femmes qui avaient le don de connaître l'avenir. Parmi les plus célèbres devins de la mythologie, Tirésias joua un rôle dans les mythes d'Œdipe et d'Antigone : « Comme sire Apollon, Tirésias possède le don de clairvoyance. » Calchas, quant

---

[1] Le mot « Moire » vient du mot grec *moïra* qui signifie « la part » ; comprenez la part d'existence qui revient à chacun.
[2] Toutes les citations sont tirées de la tragédie *Œdipe roi*, de Sophocle, traduction Paul Mazon.

à lui, fut le devin de la guerre de Troie. Cassandre, fille du roi de Troie, reçut d'Apollon le don de prophétie. Mais il lui refusa celui d'être crue. C'est ainsi qu'elle annonça en vain la ruine de Troie puis la mort d'Agamemnon.

D'autres dieux prédisaient aussi l'avenir. Ainsi Zeus à Dodone, où les prêtresses écoutaient le roucoulement des colombes posées sur un chêne sacré ou le bruissement du vent dans ses feuilles.

Il y avait plusieurs manières de recevoir les oracles. En observant le vol des oiseaux : « Ne nous refuse donc ni les avis qu'inspirent les oiseaux ni aucune autre démarche de la science prophétique », demande Œdipe au devin Tirésias. Et on lit parfois dans les entrailles des animaux ou dans des miroirs descendus dans un puits. On peut aussi interpréter les rêves et il existe bien d'autres méthodes encore. Enfin, les dieux peuvent donner des avertissements grâce à des prodiges ou à un simple éclair de la foudre de Zeus.

Le plus célèbre oracle d'Apollon est l'oracle de Delphes. Gaïa, la déesse Terre, puis Thémis, ont possédé à Delphes, sur les flancs du mont Parnasse, un temple où étaient rendus des oracles. Apollon décida d'y bâtir un magnifique sanctuaire après avoir débarrassé la région de Python, un serpent géant, fléau pour tous les habitants. Voici comment étaient rendus ses oracles : les consultants se purifiaient à la source Castalie, payaient une contribution et faisaient un sacrifice. La Pythie rendait des oracles dans le sanctuaire d'Apollon à Delphes. Après s'être purifiée à la source Castalie, elle entrait dans le temple où elle faisait des fumigations de laurier et de farine d'orge, puis elle descendait dans la partie souterraine du temple. Isolée dans une pièce, assise sur un trépied, elle entrait en transe et répondait aux questions des participants en proférant des oracles que les prêtres interprétaient. On pensait que le dieu parlait par sa voix mais on le surnommait Apollon Loxias, c'est-à-dire Apollon l'ambigu, car ses réponses étaient équivoques et difficiles à comprendre.

L'oracle de Delphes était consulté par tous, non seulement les particuliers mais aussi les cités. Pas une fondation de ville, pas une guerre ne se faisait sans qu'on lui demande son avis. Il a eu une influence énorme sur la vie des cités grecques et même des pays voisins.

Le mythe des quatre âges

d'après Hésiode et Ovide

La première race d'hommes que créèrent les dieux immortels fut d'or.

C'était au temps où Cronos régnait encore dans les cieux. Les hommes vivaient alors comme des dieux, sans soucis, toujours jeunes, toujours actifs. Ils s'amusaient dans des festins, loin de tous les maux. La vieillesse misérable ne les atteignait pas et, quand ils mouraient, ils semblaient succomber au sommeil. La nature les nourrissait, le sol produisait de lui-même d'abondantes récoltes et ils vivaient dans la joie et la paix au milieu de biens immenses. Ils cueillaient des fruits sauvages. Le printemps était éternel. C'était l'âge où coulaient des fleuves de lait et de miel.

Ils n'avaient pas besoin de juges ni de justiciers. Ils ignoraient la crainte, la guerre, les fatigues du travail quotidien et les dangers des longs voyages en mer.

Depuis que leur race a disparu, Zeus en a fait les bons génies de la terre et les gardiens des mortels.

Puis, lorsque Cronos[1] fut détrôné par son fils, naquit une race d'argent qui valait moins que la précédente. Zeus réduisit la durée du printemps et régla l'année en quatre saisons. C'est alors que le soleil dessécha les prés et que, congelées par

---

[1] Cronos était le maître des dieux. Pour conquérir le pouvoir, il avait émasculé son père Ouranos. De peur qu'il ne lui arrive la même mésaventure, il dévora cinq de ses enfants à la naissance. Puis sa femme, désolée de perdre ses nouveau-nés, remplaça le dernier, Zeus, par une pierre et le fit élever à l'abri. Devenu adulte, Zeus délivra ses frères et sœurs et, à la suite d'une longue guerre, conquit le pouvoir suprême.

la bise, les eaux se couvrirent de glace. Il fallut cultiver la terre, enfouir les semences dans le sol, mettre les bœufs sous le joug pour tirer les charrues. Les hommes durent se réfugier dans des grottes ou sous des abris de branchage pour échapper aux intempéries.

Ces hommes n'avaient pas la sagesse de la génération précédente et leur folie les faisait souffrir. Ils refusaient de célébrer le culte des dieux immortels alors, courroucé, Zeus les ensevelit.

A cette génération succéda la race de bronze, de tempérament rude, prompte à recourir aux armes mais plus juste et plus pieuse que la race d'argent. C'est la race des héros qui nous précéda dans ce monde. On les nomme aussi demi-dieux. Aucune race n'a gagné pareille renommée! Les uns périrent dans de dures guerres, aux portes de Thèbes, la cité d'Œdipe, ou devant Troie où la guerre les avait menés pour la belle Hélène. Mais les Moires[1] leur ont donné un destin hors du commun et ils restent dans nos mémoires.

Maintenant c'est le quatrième âge, l'âge de fer où l'on ne cesse de subir peines, chagrins et angoisses. C'est la déroute de l'honneur et de la loyauté. C'est le triomphe de la ruse et de la mauvaise foi, du crime et de la soif de posséder. La terre, jusqu'alors commune à tous, est marquée de frontières. On ne se contente pas de la cultiver mais on pénètre jusqu'à ses entrailles pour en arracher les trésors enfouis. Le fer et l'or

---

[1] Les Moires ou Parques, selon leur nom latin, sont trois déesses, trois sœurs : Atropos, Clotho et Lachésis. On les représente comme des fileuses, filant la vie des mortels. L'une file, la deuxième enroule le fil de la vie et la troisième le coupe à son gré. Elles sont inflexibles, même les dieux ne peuvent pas changer la destinée qu'elles ont filée pour chacun.

malfaisants en sont extraits. Le marin livre ses voiles au vent pour aller toujours plus loin, pour gagner toujours plus. La guerre triomphe, la justice a déserté la Terre. Qui sait combien de temps les dieux supporteront notre race[1] ?

Les héros qui peupleront nos histoires appartiennent à cette race de bronze dont parlent les poètes.

---

[1] Le premier à avoir présenté le mythe des âges est Hésiode, un poète grec du VIIIe siècle avant notre ère. Mais il en indique cinq. Le mythe sera repris et simplifié par Ovide, un poète latin du 1er siècle de notre ère, qui n'imagine que quatre âges. C'est la tradition la plus courante et c'est celle que nous avons suivie.

Persée

Danaos et son frère Égyptos vivaient en Égypte. Ils se détestaient et se querellaient tant que Danaos préféra s'exiler et voyagea jusqu'en Grèce où il fonda la ville d'Argos. Et quand, sous prétexte de réconciliation, les cinquante fils d'Égyptos demandèrent en mariage ses cinquante filles, il ordonna à chacune de ses filles de tuer son mari le soir même des noces. Toutes sauf une acceptèrent et paient maintenant ce crime aux Enfers en tentant éternellement de remplir d'eau un tonneau sans fond.

Les descendants de Danaos ont hérité de cette haine mortelle. Ce sont deux jumeaux, Acrisios et Proetos. Selon les dernières volontés de leur père, ils devaient se partager le pouvoir mais ne font que se le disputer. Pour s'en rapprocher, Proetos séduit la fille de son frère, la belle Danaé, et s'unit à elle ; mais cette ruse ne fait qu'irriter davantage Acrisios. Et les deux frères se livrent une guerre sanglante qui déchire le riche pays d'Argos. Comme aucune victoire ne se dessine, les deux jumeaux finissent par se partager l'Argolide. Acrisios restera à Argos et son frère règnera sur Tirynthe et sur la côte. Avec l'aide de sept cyclopes[1] géants, Proetos fortifie la citadelle de Tirynthe, l'entourant de murailles d'une épaisseur inimaginable, et s'y enferme. Quant à Danaé, elle reste sous bonne garde auprès de son père, car Acrisios ne veut pas qu'elle donne à son frère un fils qui aurait des droits sur Argos.

---

[1] Les cyclopes sont des géants, d'une force colossale et d'une grande habileté. Ils ne sont pourvus que d'un seul œil au milieu du front.

Ce que souhaiterait Acrisios pour fortifier son trône, c'est un héritier mâle ! Il va donc consulter un oracle pour savoir s'il peut en espérer un. Mais la réponse de l'oracle[1] le déçoit et l'effraie car on lui annonce : « Tu n'auras jamais de fils. Ta fille, elle, en mettra un au monde mais il te tuera. »

Le roi n'a plus qu'une pensée : échapper à son destin. Il fait construire une haute tour sans fenêtre, close par des portes de bronze. Il y enferme sa fille et fait garder cette prison par des chiens féroces. La pauvre fille dépérit, seule à longueur de temps, mais Zeus qui la trouve très belle la désire. Il se faufile dans la tour par un interstice du toit sous la forme d'une pluie d'or qui pénètre dans le sein de la jeune femme. Elle lui donne un fils qu'elle appelle Persée. Comme elle est toujours seule, sa grossesse est passée inaperçue, et c'est en entendant au loin les pleurs retentissants du nouveau-né que le roi découvre son existence.

Il ne peut croire Danaé quand elle essaie de le persuader de l'origine divine de l'enfant. Il pense plutôt à une nouvelle machination de son frère et décide de se débarrasser du bébé qui doit causer son malheur et, par la même occasion, de cette fille qui ne lui crée que des ennuis. Mais il ne peut se résoudre à les mettre à mort lui-même. Alors il fait construire un grand coffre en bois, bien étanche, y enferme la mère et l'enfant et lance cette prison flottante sur la mer.

Quelques jours plus tard, sur l'île de Sériphos, un pêcheur jette son filet. Il lui semble bien lourd quand il le tire. « Une grosse prise, enfin ! » espère-t-il. Mais étonné, il sort un coffre de l'eau. Il l'ouvre et, à sa grande surprise, découvre une

---

[1] Un texte en annexe (p. 15) est consacré aux oracles et aux devins.

jeune femme et un bébé. C'en est trop pour lui, il préfère les amener à son roi, Polydectès. Celui-ci tombe immédiatement sous le charme de Danaé et ne pense plus qu'à l'épouser. Il l'accueille dans son palais et élève Persée comme son fils. Sans doute espère-t-il obtenir ainsi les faveurs de la jeune femme. Malheureusement pour lui, cet amour n'est pas réciproque et Danaé réussit à le tenir à distance jusqu'à ce que son fils devienne un homme.

Le roi est obstiné. Puisqu'il ne peut séduire Danaé, il emploiera la ruse. Mais d'abord il faut se débarrasser de Persée qui veille sur sa mère comme un chien de garde. Polydectès fait donc semblant de renoncer à Danaé et prétend faire la cour à Hippodamie.

– Elle a beaucoup de prétendants, dit-il à ses courtisans, et vous savez que son père ne la donnera qu'à celui qui le vaincra dans une course de chars. Mais Sériphos est une petite île, je ne suis pas très riche. Aidez-moi à la conquérir : il me faut des chevaux afin de concourir et des présents pour la jeune fille, car je dois faire bonne figure.

Persée et Méduse

Et chacun s'empresse pour le roi.
– Et toi, Persée, tu ne feras rien pour moi ?
Persée, tout content que Polydectès semble renoncer à sa mère, promet de trouver un cadeau et il s'avance bien imprudemment :

– Tout ce que tu voudras, ô roi ! Si tu le souhaites, je te rapporterai même la tête de Méduse.

Le roi n'en demandait pas davantage ! Il envoie aussitôt le naïf jeune homme chercher cette tête et compte bien qu'il y laissera la vie.

On ne sait pas trop qui est Méduse. Une antique divinité, bien plus ancienne que les dieux de l'Olympe ? Ou bien une belle jeune fille que Poséidon a aimée et qu'il aurait poursuivie jusque dans un temple d'Athéna ? La déesse se serait offusquée qu'il possède sa proie sur ses autels et aurait passé sa colère sur la jeune femme, la métamorphosant en un monstre répugnant. Car Méduse est horrible : sa chevelure bruit de serpents emmêlés, ses dents sont aussi énormes que les défenses d'un sanglier et sa langue pend sur son menton. Voilà qui suffirait à faire mourir de peur le commun des mortels mais, de plus, elle a le regard tellement perçant qu'elle transforme en statue de pierre tout ce qui passe sous ses yeux.

Avec ses deux sœurs, qu'on appelle les Gorgones, elle vit à l'extrémité du monde, à l'occident, près du royaume des morts. Si les deux sœurs sont immortelles, Méduse peut être tuée. Mais comment échapper à son terrible regard, à ses mains de bronze, sans compter ses ailes qui lui permettent d'approcher son adversaire pour mieux le transformer en pierre ?

Tout vaillant qu'il soit, Persée n'aurait aucune chance sans l'aide d'Athéna et d'Hermès. Athéna l'emmène à Samos observer attentivement les statues des trois Gorgones pour apprendre à les reconnaître. Elle lui donne un bouclier d'acier brillant qui lui servira de miroir. Il pourra repérer Méduse sans avoir à la regarder de face. Ainsi échappera-t-il à ses terribles yeux. Hermès lui fournit une serpe d'un métal assez dur pour couper la tête monstrueuse.

Mais il a besoin d'autres accessoires que les deux dieux ne possèdent pas : des sandales ailées pour approcher les trois sœurs, le casque d'Hadès qui rend invisible et une besace magique qui puisse contenir la tête coupée sans risque pour Persée. Ces objets sont gardés par les nymphes du Styx qui les prêteront volontiers. Mais où les trouver? Même Hermès ne le sait pas. Mais on peut, pense-t-il, le demander aux Grées.

Il y a trois Grées. Elles sont sœurs des Gorgones et vivent aussi à l'ouest du monde, là où le soleil ne luit jamais. On les appelle aussi les Vieilles Femmes. Elles n'ont jamais été ni jeunes ni belles, elles sont nées vieilles! A elles trois, elles se partagent un œil et une dent, qu'elles se repassent de l'une à l'autre. Celle qui a l'œil veille tandis que les autres dorment. Elles connaissent beaucoup de secrets mais ne parleront que si on les y oblige.

Persée se met donc en route pour le bout du monde afin de retrouver les Grées. Il se glisse dans leur antre et, profitant du moment où l'une d'entre elles retire l'œil et la dent pour les passer à sa sœur, vite il tend la main et les attrape. Qui aurait pu le voir? A cet instant, les trois sœurs sont aveugles! Il les menace de les laisser dans cet état si elles ne lui indiquent pas la demeure des nymphes du Styx. De mauvaise grâce, elles s'exécutent mais Persée préfère garder l'œil et la dent, plongeant ainsi les trois Grées dans un profond sommeil. Il emprunte les objets magiques aux nymphes du Styx et part bravement vers le repaire des Gorgones.

Par des sentiers cachés, dans des monts escarpés, hérissés de forêts, le héros s'avance. Impossible de se tromper de route malgré la nuit éternelle qui règne ici. Dans une lumière blafarde, il distingue autour de lui des rochers aux formes animales ou humaines. Ce sont des fauves que le regard de

Méduse a fauchés en pleine course ou des hommes pétrifiés sur le visage desquels on peut encore lire la terreur. En marchant à reculons, Persée cherche à distinguer la forme de Méduse dans son bouclier. Il a mis le casque et les sandales et il progresse sans bruit.

Soudain des formes vagues… Près d'un bloc qui semble tendre ses bras vers le ciel, trois corps sont couchés : les Gorgones dorment. Sans peur, Persée approche, à l'abri du casque d'Hadès. Retenant son souffle, il contemple longuement leur reflet. Il ne faut pas se tromper de proie, frapper une sœur immortelle qui donnerait l'alerte. Il repère Méduse et, d'un hardi coup de serpe, lui tranche la tête. Pendant qu'il la glisse dans sa besace, il sursaute. Du cou encore palpitant de sa victime surgissent un cheval ailé et son cavalier, brandissant une épée d'or. Ce sont Pégase et Chrysaor, les enfants de Poséidon et de Méduse qui viennent ainsi au monde. Chrysaor attaque au hasard, alerte les deux Gorgones, mais le casque protège Persée et les sandales lui permettent de s'enfuir rapidement avec son butin.

Il vole vers le sud et, le soir venu, veut se reposer chez le géant Atlas au pays des Hespérides. Atlas est très riche : ses troupeaux sont innombrables et ses arbres donnent des fruits d'or. Persée, encore tout fier de ses exploits, l'aborde avec orgueil :

– Étranger, je te demande l'hospitalité. Si tu es sensible à la gloire d'une haute naissance, sache que je suis le fils de Zeus, et si tu aimes les hauts faits, je te raconterai les miens.

Mais cette entrée en matière n'est pas du goût du géant. Il se souvient d'un ancien oracle : « Un jour viendra, Atlas, où ton arbre sera dépouillé de son or et c'est un fils de Zeus qui aura la gloire de l'emporter. » Aussi, par crainte de ce voleur, a-t-il fait entourer son verger d'une haute muraille et pour plus de sûreté il les a fait garder par un dragon. Il renvoie donc sèchement Persée :

– Éloigne-toi sinon ni tes exploits ni la protection de Zeus ne pèseront lourd pour te sauver.

Et, joignant le geste à la parole, Atlas donne au héros une bourrade qui l'envoie rouler par terre. Outré de ce manque d'hospitalité, Persée lui rétorque :

– Eh bien, toi, reçois donc ce cadeau !

Il plonge la main dans la besace, sort la tête repoussante de Méduse et, détournant le regard, la tend vers le géant. Aussitôt ce dernier se transforme en montagne ; sa barbe et ses cheveux se changent en forêts, ses épaules et ses mains en crêtes, sa tête devient sommet et ses os rochers.

Persée et Andromède

Pour retourner à Sériphos avec son présent, Persée, porté par ses sandales ailées, suit la côte méditerranéenne vers l'est. Il traverse le désert de Libye et Hermès l'aide à porter la lourde tête. Dans le lac Tritonis, il jette l'œil et la dent des Grées. Quelques gouttes du sang de Méduse tombent dans le sable et il en sort un grouillement de serpents venimeux qui infesteront le désert pour toujours.

Puis il arrive en Égypte et, survolant la côte, il aperçoit, nue, enchaînée à un rocher, une belle jeune fille en pleurs. Si la brise n'agitait pas ses longs cheveux, on l'aurait prise pour une statue de marbre. C'est le coup de foudre ; sans plus réfléchir, il vole à son secours quand il remarque un groupe sur le rivage : un vieil homme immobile fixe le large et une femme se tord les mains de désespoir. Il s'arrête et leur demande des explications.

Ils sont roi et reine d'Éthiopie. La jeune femme innocente, attachée au rocher, est leur fille Andromède. Elle paie pour l'orgueil de sa mère Cassiopée : la reine a prétendu que sa fille et elle étaient plus belles que les Néréides[1]. Les déesses marines se sont plaintes de cette insulte à Poséidon qui, non content de provoquer un déluge sur le pays, a aussi envoyé un monstre marin pour ravager les côtes. Impossible de pêcher ou de faire du commerce ! Affolés, les habitants ont consulté l'oracle.

« Votre seule chance de voir s'éloigner le monstre, a-t-il répondu, est de lui sacrifier Andromède. »

Ses sujets ont donc contraint le roi à s'exécuter. C'est ainsi que la jeune fille, parée de ses plus beaux bijoux, attend la mort.

Soudain tous se taisent, figés d'horreur. Aussi haut que la proue d'un navire, le monstre nage vers le rivage, repoussant les flots de son poitrail. Il ne reste à Andromède que quelques minutes à vivre. Persée en profite pour arracher une promesse aux parents désespérés :

– Si je sauve votre fille, donnez-la-moi pour femme.

Ils promettent. Qui aurait hésité ? Et dans son émotion, le roi lui propose même son royaume.

---

[1] Les Néréides sont les petites-filles du dieu-Océan et de Gaïa la déesse-Terre. Leur père Nérée est appelé « le vieillard de la mer ». C'est un dieu très ancien, plus ancien que Poséidon. Il a la faculté de se métamorphoser en n'importe quel animal. Il est considéré comme un dieu bienfaisant pour les marins. Les Néréides sont au nombre de cinquante. Les plus connues sont Amphitrite, qui épousa Poséidon, et Thétis, la mère d'Achille, le héros de la guerre de Troie.

Le héros repousse la terre du pied, s'élève dans les airs et survole le monstre. Son ombre se reflète sur l'eau claire. La bête, trompée, fonce dessus. Persée en profite et, tel l'aigle de Zeus, fond sur le dos du monstre et lui enfonce jusqu'à la garde son fer recourbé au creux de l'épaule gauche. Le sang bouillonne mais l'animal furieux relève la tête et, de sa gueule venimeuse, cherche à mordre son adversaire. Il plonge, se redresse, tourne et retourne comme un sanglier féroce aux prises avec une meute de chiens. Persée, grâce à ses ailes agiles, réussit à échapper à sa gueule avide. Il frappe, frappe sans cesse, le poitrail de taureau, les flancs couverts d'algues et de coquillages, la longue queue de serpent… mais l'eau qui l'éclabousse alourdit ses ailes. Il ne peut plus se soutenir dans l'air. Il aperçoit un rocher à moitié immergé. Y prenant appui, il sort la tête de Méduse au cas où la bête lèverait les yeux, mais c'est inutile. Persée donne les ultimes coups et perce le flanc du monstre qui, dans un flot de sang, rend enfin son dernier souffle.

Une immense clameur monte du rivage jusqu'à l'Olympe. Les parents courent vers leur fille, l'étouffent sous les baisers. On la délivre, on s'affaire auprès d'elle. Cependant Persée veut se laver les mains sur le rivage pour se débarrasser du sang qui les couvre. Il pose alors la tête de Méduse face contre le sol et, pour que le sable ne l'abîme pas, il la couche sur un lit d'algues fraîches. Immédiatement les algues durcissent à son contact, leurs branches, leurs feuilles deviennent rigides et c'est ainsi que naît le corail.

Andromède voue à son sauveur un amour et une admiration sans bornes. Elle est prête à l'épouser sur-le-champ. Mais, délivrés de leur angoisse, ses parents sont plus réticents devant ce gendre inconnu. Hypocritement, le roi feint d'accepter le mariage de sa fille avec Persée mais, pour se débarrasser de lui, il va lui tendre un piège. Pendant que le héros accomplit un sacrifice pour remercier les dieux qui l'ont aidé, le roi envoie un messager pour avertir l'ancien fiancé d'Andromède de ce qui se prépare. Il espère bien que celui-ci viendra interrompre la noce et tuera Persée.

Et en effet, la célébration est à peine commencée qu'un grand tumulte l'interrompt : c'est toute une troupe menée par l'ancien fiancé qui vient réclamer Andromède :

– On me l'avait promise pour épouse et toi, un étranger, tu me l'enlèves !

– Mais ta fiancée, lui répond Persée, tu l'as perdue à partir du moment où elle a été exposée aux dents du monstre. Si elle avait un tel prix pour toi, c'est là que tu aurais dû aller la chercher.

Le fiancé ne trouve rien à répondre. Mais de toutes ses forces, il lance son javelot contre Persée. Celui-ci se baisse, l'évite et le relance. C'est le signal de la mêlée. La troupe bouillonne d'une colère sauvage. Une pluie de flèches, de lances, de javelots s'abat sur Persée. Il s'abrite derrière son bouclier et rend coup pour coup. Les épées s'en mêlent ; le sang coule. Adossé à une colonne, Persée se bat comme un lion et Athéna le protège mais il est près de crouler sous le nombre : ses agresseurs sont plus de deux cents !

« Le secours, pense-t-il, c'est une ennemie qui me le donnera. »

Il saisit la tête de Méduse et la tourne vers ses ennemis. Ils se figent aussitôt dans la position de l'attaque. Persée est sauvé. Non ! Un seul survit, caché derrière une tenture : c'est le fiancé. Terrorisé, il ne songe plus à combattre et supplie lâchement le héros de l'épargner mais, implacable, Persée tourne vers lui l'horrible tête et la terreur qui se lit sur le visage de l'homme et son geste de supplication restent marqués dans le marbre à jamais.

Personne ne peut plus arracher Andromède à Persée. Il la ramène triomphalement à Sériphos. Mais c'est pour trouver sa mère réfugiée dans un temple sous la protection des dieux. Avec elle un seul fidèle, le pêcheur qui l'a recueillie jadis. Plus que jamais, le roi Polydectès a poursuivi Danaé de ses assiduités, pour son plus grand désespoir. Persée part s'expliquer avec le roi mais celui-ci se moque de lui :

– Quelle fable viens-tu nous raconter ? Toi… toi tout seul, tu aurais coupé la tête de Méduse que craignent même les immortels ? Allons donc ! A qui veux-tu faire avaler ce mensonge ?

– Eh bien, vois par toi-même !

Et il change le roi en pierre. Sans verser une goutte de sang, il a libéré sa mère.

Ce sera la dernière fois que Persée se servira de cette arme. Il la donne à Athéna qui la fixe sur son égide[1]. Il rend aussi à Hermès les objets magiques qui l'ont aidé. Il met sur le trône de Sériphos le pêcheur qui a aidé sa mère et, accompagné d'Andromède et de Danaé, retourne à Argos.

Son grand-père Acrisios, que l'oracle effraie toujours, préfère s'enfuir à Larissa, en Thessalie, à l'autre extrémité de la

---

[1] Le mot « égide » signifie « peau de chèvre ». A la mort de la chèvre Amalthée, sa nourrice, Zeus fit de sa peau un bouclier que porte Athéna. Athéna est une déesse guerrière, toujours représentée armée d'un casque et d'une lance. C'est d'ailleurs tout armée qu'elle naquit de la tête de Zeus.

Grèce. Cependant Persée règne sur Argos. Mais un jour, il est invité à participer, comme tous les rois grecs, aux jeux funèbres[1] organisés à Larissa pour honorer le père du roi de la région. Persée participe au pentathlon. Mais au moment où il lance le disque, celui-ci lui échappe et dévie de sa trajectoire. Est-ce l'effet du vent ou la volonté divine ? Le disque vient frapper son grand-père, assis parmi les spectateurs, et le tue net.

Très affligé par cet accident, Persée l'enterre mais il est gêné de régner sur Argos. Il décide d'échanger son royaume avec le fils de Proetos qui règne sur Tirynthe. Il s'y installe donc et, non loin de là, fonde la citadelle de Mycènes que les Cyclopes géants fortifient pour lui. Les épaisses murailles en sont indestructibles et l'on peut encore voir, au-dessus de la porte, le linteau géant sur lequel les Cyclopes ont sculpté deux lionnes. Persée et Andromède y vivront heureux fort longtemps avec leurs huit enfants et, à sa mort, les dieux placeront Andromède dans une constellation.

---

[1] En Grèce, les cérémonies funèbres étaient très ritualisées. Dans la Grèce héroïque, un guerrier mort devait être honoré : on pratiquait donc des cérémonies grandioses à la suite desquelles avaient lieu les jeux funèbres. C'étaient des concours sportifs auxquels participaient tous les princes et les nobles guerriers. Les épreuves étaient dotées de prix importants comme de riches vases, des esclaves, des chevaux ou des armes d'apparat... Les épreuves étaient la course de chars, la boxe, la lutte, la course à pied, l'escrime, le lancer du disque, le tir à l'arc, le lancer du javelot. On remarque que ce sont des exercices physiques de soldats. Les plus célèbres jeux funèbres sont décrits dans *L'Iliade* d'Homère (chant XXIII).

Sisyphe

Sisyphe signifie « homme sage ». Mais Sisyphe a-t-il mérité son nom ?

Son père est Éole, le gardien des vents, et sa mère, la fille du géant Atlas. Il est riche et possède de grands troupeaux. Il est très intelligent ; on le dit même rusé. Toutefois il n'est pas toujours honnête et scrupuleux.

Depuis quelque temps, Sisyphe trouve que ses troupeaux se réduisent d'une manière inquiétante. Ses bergers se plaignent : des bêtes disparaissent chaque nuit. Malgré leur vigilance, ils ne découvrent rien. Ils ont beau établir des tours de garde, les animaux semblent se volatiliser. Pourtant on ne signale pas de fauve dans la région. Des chasses sont organisées, mais on rentre bredouille.

Sisyphe pense alors à un voleur. Discrètement, il inspecte les prés, les étables, les bergeries de ses voisins. Il envoie des espions. Rien ! Il se méfie particulièrement de son voisin Autolycos. C'est un fils du dieu Hermès et le dieu aurait bien pu lui apprendre quelques-unes de ses malices ! N'est-il pas le dieu des commerçants... et des voleurs ? N'a-t-il pas, le jour même de sa naissance, réussi à dérober des bœufs que gardait son frère Apollon ? Plus il y pense, plus Sisyphe est persuadé qu'Autolycos a hérité des talents de son père. Mais impossible de le prouver : aucune des bêtes d'Autolycos ne ressemble aux siennes.

Ce que Sisyphe ne sait pas c'est que, en plus d'être un habile voleur, son voisin a appris de son père à maquiller voire à métamorphoser les animaux. Par exemple, il est capable de changer la couleur de leur pelage, de faire disparaître ou au contraire pousser des cornes ou même de transformer une chèvre en brebis. Comment ne pas se laisser piéger ?

Sisyphe veut en avoir le cœur net. Il décide donc de faire graver ses initiales dans la corne, sous le sabot de ses vaches. Et quand son troupeau se trouve à nouveau réduit d'une centaine de têtes, il se rend chez son voisin, demande à inspecter ses écuries. Sûr de lui, Autolycos joue l'honnêteté outragée :

– Tu m'offenses, Sisyphe, s'écrie-t-il. Comment peux-tu imaginer… ? Moi, je t'aurais volé ! Entre voisins…

Sans un mot, Sisyphe l'écarte pour examiner les bêtes.

– Eh bien, vas-y, ricane Autolycos. Je te défie de trouver une de tes bêtes chez moi. Par tous les dieux, je te jure…

Mais il ne peut en dire plus. Sisyphe a soulevé le sabot d'une bête et montre ses initiales. Son voisin est réduit au silence : il a été pris sur le fait. Il faut trouver des arrangements pour dédommager la victime de ces vols.

Mais pendant que son intendant s'en occupe avec Autolycos, Sisyphe se dirige tranquillement vers la maison. Il entre dans l'appartement des femmes et, pour se venger de son voisin, il viole sa fille qui doit se marier le lendemain avec Laerte. Sisyphe serait alors le véritable père d'Odysseus[1]. On raconte que cette union n'a pas déplu à Autolycos qui souhaitait avoir un petit-fils aussi rusé que lui. Et Odysseus ne sera-t-il pas appelé « Odysseus aux mille ruses » ?

Sisyphe s'installe alors dans l'isthme qui relie le Péloponnèse au continent grec. C'est un lieu de passage obligé pour qui veut aller du nord au sud de la Grèce. Souvent même, des caravanes d'hommes ou de mules transportent entre la mer

---

[1] Odysseus est le nom grec d'Ulysse.

Égée et le golfe de Corinthe les marchandises des navires de commerce. C'est plus rapide que faire le tour du Péloponnèse à la voile ou à la rame. L'endroit semble bon à Sisyphe. Il fera du commerce, il percevra des taxes, et pourquoi ne pas rançonner quelques voyageurs solitaires s'il peut être sûr de l'impunité ? Il fonde donc Corinthe. Et comme il manque d'hommes pour la peupler c'est, dit-on, de champignons qu'il en fera naître. A moins qu'il ne soit que le successeur du fondateur, Corinthos, comme le prétendent certaines mauvaises langues. Quoi qu'il en soit, Sisyphe gère sagement sa ville. De l'avis des citoyens « c'est un fieffé coquin ; oui, mais il agit toujours pour l'intérêt de la cité ».

Lorsque Zeus enlève Égine dont il est épris, Sisyphe, qui a des espions partout, est vite au courant. Et quand le père d'Égine, le dieu-Fleuve Asopos, furieux, se renseigne partout pour la retrouver, Sisyphe lui propose un marché :

– Je te dirai où est ta fille mais, en échange, tu devras faire quelque chose pour moi.

– Et quoi donc ?

– C'est que je risque gros.

– Ne tourne pas autour du pot ! Parle. Que veux-tu de moi ?

– Voilà. J'ai fait construire une citadelle sur cette colline qui domine la mer Égée et le golfe de Corinthe. Elle est bien fortifiée et, en cas de siège, ce serait un refuge idéal si on y trouvait de l'eau en permanence.

Pour le dieu-Fleuve rien de plus facile : un simple coup de pied dans le sol, à l'endroit que lui indique Sisyphe et, aussitôt, jaillit une source qui ne tarit jamais. Dès qu'il a les informations sur le lieu où l'on cache sa fille, Asopos s'y précipite, prêt à tout, et Zeus n'échappe que de justesse à sa vengeance.

Mais Sisyphe a-t-il fait une si bonne affaire ? Zeus lui en veut... mortellement. La punition sera sans pitié. Zeus demande à Thanatos, le génie de la mort, aux ordres d'Hadès, de venir chercher le traître dans son palais afin de l'emmener aux Enfers. Sisyphe ne l'entend pas de cette oreille. Feignant d'accepter, il fait visiter au dieu son palais et lui montre une de ses inventions, une paire de menottes. Il lui demande de les essayer pour, dit-il, lui faire voir leur fonctionnement. Il les ferme, attache le dieu à un anneau dans le mur et le retient prisonnier. Celui-ci crie, tempête, menace mais Sisyphe, sourd à toutes les imprécations, continue à vivre tranquillement.

La vie sur terre va en être bouleversée : personne ne peut plus mourir. Même des hommes que des brigands ont coupés en morceaux restent vivants. Des hommes décapités continuent à marcher et leur tête coupée n'arrête pas de tenir des discours. C'est le désordre, c'est l'anarchie sur terre. Et chez les dieux tout va mal : Hadès, le riche, cesse de s'enrichir ; les âmes ne rejoignent plus, en colonne ininterrompue, les rives du Styx. Arès, le dieu de la Guerre, n'est pas plus heureux. A quoi sert-il de se massacrer, de se cribler de flèches, de s'étriper si les soldats ne meurent plus au champ d'honneur ? Il faut rétablir le cosmos, l'ordre du monde que Sisyphe a détruit. C'est Arès – il a tout à y gagner – qui vient délivrer Thanatos et qui emmène lui-même Sisyphe aux Enfers[1].

Mais Sisyphe n'a pas dit son dernier mot. Avant de suivre le dieu, il fait ses adieux à sa femme et, discrètement, lui glisse une prière dans l'oreille :

---

[1] Les Enfers sont le séjour des morts, bons ou mauvais. Ils sont gouvernés par le dieu Hadès, appelé aussi Ploutos, c'est-à-dire « le Riche », et son épouse Perséphone. Ils sont décrits dans le mythe d'Orphée, p. 68.

– Quoi qu'on te dise, ne m'enterre pas. N'aie crainte, tu ne commettras pas de sacrilège, fais-moi confiance.

Arrivé aux Enfers, il va trouver Perséphone et fait semblant de se mettre très en colère :

– Dis-moi ce que je fais ici. Si j'avais suivi le chemin habituel des âmes, j'attendrais cent ans au bord des marais de l'Achéron et l'impitoyable Charon m'interdirait de monter dans sa barque funèbre.

Et comme la déesse le regarde, interloquée, il ajoute qu'il n'a pas été enterré selon les rites.

– Laisse-moi revenir sur terre et châtier ma femme comme elle le mérite. Puis je veillerai moi-même à ce que l'on prépare correctement mon bûcher funèbre et je reviendrai parmi les morts.

Perséphone, abusée par ses beaux discours, le laisse remonter sur terre. Mais, comme on s'en doute, Sisyphe n'a pas l'intention de revenir. Cette fois, c'est Hermès qui doit le ramener de force.

Plus question de parlementer ni de ruser ! Hadès fait conduire Sisyphe jusqu'au fond du Tartare[1], un séjour entouré de remparts et gardé par une tour d'acier indestructible. C'est là que sont torturés à jamais les grands criminels. Mais il ne sera pas fouetté par les Érinyes[2]. On lui réserve un

---

[1] Le Tartare est la partie la plus profonde et la plus reculée du séjour des morts, que les Grecs nommaient les Enfers. C'est là que sont enfermés et torturés pour l'éternité les plus grands criminels (voir les mythes de Sisyphe p. 33, de Tantale p. 167 et d'Orphée p. 68).

[2] Les Érinyes sont de très anciennes divinités, plus anciennes que les dieux de l'Olympe. On les représente comme des génies ailés aux cheveux mêlés de serpents, et on les compare à des chiennes affamées. Elles poursuivent de leur vengeance ceux qui ont commis un crime, particulièrement un crime commis sur un membre de la famille.

sort plus cruel. Il devra rouler un rocher rond jusqu'au sommet d'une colline. Son supplice, lui dit-on, se terminera quand la pierre sera posée en haut. Sisyphe se réjouit : l'épreuve est difficile, demande des forces, mais elle n'est pas impossible. Des jours durant, il s'évertue à pousser son rocher au long de la pente. Il transpire sous l'effort. Il gémit. Ses membres sont raides ; il a mal au dos ; mais il progresse. Lentement il avance vers le sommet.

Mais, quand il arrive en haut, le rocher roule et dévale la pente qu'il avait eu tant de peine à monter. Une fois, deux fois, dix fois Sisyphe recommence. Une fois, deux fois, dix fois, le rocher redescend. Alors Sisyphe comprend que son supplice sera éternel.

Bellérophon

Bellérophon, le petit-fils de Sisyphe, est obligé de quitter Corinthe : il a tué un certain Belléros[1]. Il est également le meurtrier de son propre frère mais on ne sait dans quelles circonstances il a commis ces deux assassinats. Il se rend donc à la forteresse de Tirynthe. Il veut rencontrer le roi Proetos pour qu'il le purifie[2] de ce double meurtre. Proetos accepte et demande à Bellérophon de rester son hôte quelque temps.

Bellérophon est connu pour son courage mais aussi pour sa beauté. Et, au premier regard, la femme de Proetos tombe amoureuse de lui. C'est une femme charmante et elle ne doute pas que le jeune homme sera flatté de devenir son amant. Mais, aussi impensable que cela puisse paraître, il est aussi sage que beau et refuse avec horreur les avances de la reine. Ne pouvant le séduire, elle s'inquiète. Il a montré un tel dégoût devant ses propositions ! Elle craint qu'il ne la dénonce au roi. Elle décide de prendre les devants et de l'accuser la première[3].

– Ton Bellérophon, celui que tu as invité à vivre dans notre palais… Ah, il la mérite bien, ta confiance ! Pendant qu'il te tenait de beaux discours, il me faisait les yeux doux, dit-elle

---

[1] Et c'est d'ailleurs ce qui lui vaudra son nom : Bellérophon signifie « tueur de Belléros ».
[2] La religion grecque exigeait qu'après un meurtre le criminel soit purifié par le sang d'un animal sacrifié (voir le mythe de Jason et Médée, p. 130). Ensuite, il devait généralement se mettre au service d'un homme pour une durée donnée. C'est ainsi qu'Héraclès dut se mettre au service d'Eurysthée pour accomplir ses travaux.
[3] On retrouve le même récit dans la Bible : Joseph et la femme de Putiphar.

hypocritement à son époux. J'ai préféré ignorer ses regards, comme la décence l'exige, mais rien ne l'arrête ! Il a essayé de me violer. Si tu es un homme, Proetos, tue-le !

A entendre un tel langage, la colère prend le roi. Il ne va pas chercher plus loin. Mais il lui répugne de tuer un invité. Les lois de l'hospitalité sont sacrées et ils ont mangé et bu ensemble. Alors il l'envoie très loin, en Lycie, un royaume d'Asie Mineure chez son beau-père, sous prétexte de lui porter une lettre importante. Bellérophon, qui ne se doute de rien, heureux de rendre ce service à son hôte, part aussitôt.

Le beau-père de Proetos reçoit magnifiquement le messager. Pendant huit jours, ce ne sont que banquets, jeux et concours sportifs. Musiciens, danseuses et aèdes[1] se succèdent à sa cour. Et, le neuvième jour, après avoir accompli ses devoirs d'hôte, il lit la lettre de son gendre. Et le voilà bien ennuyé ! « Tue le porteur de cette lettre, lui demande son gendre. Au mépris de toutes les lois divines et humaines, il a essayé de violer ta fille. »

Mais comment tuer un jeune homme qui a été son hôte et que, de surcroît, il trouve si sympathique ? Il réfléchit longtemps puis il lui semble entrevoir la solution.

— Tu connais la Chimère, demande-t-il au jeune homme ?

— Chimère ? L'invincible Chimère ? Le monstre issu de Typhon, le plus gigantesque des enfants de Gaïa, et d'Échidna, la dévoreuse d'hommes qui cache son corps de serpent dans une sombre caverne ?

— Elle-même. L'as-tu déjà vue ?

---

[1] Les aèdes sont des poètes qui vont de palais en palais, de cité en cité pour réciter, en s'accompagnant d'une lyre, des poèmes épiques racontant les hauts faits de héros.

– J'en ai entendu parler. On dit qu'elle a un corps de chèvre, une queue de serpent comme sa mère et qu'elle est lion pour le haut du corps. Ou peut-être a-t-elle trois têtes, une de lion à l'œil ardent, l'autre de chèvre et la troisième de dragon. Je ne sais plus bien. Les témoins ne sont pas très sûrs. Il faut dire que peu l'ont vue de près sans en mourir.

– Eh bien, répond le roi, mon voisin, qui est aussi mon ennemi, l'élève dans son palais comme si c'était un chien.

– Voilà qui est inquiétant. S'il l'utilise contre toi…

– Oh, mais il ne s'en prive pas. Il l'envoie dévaster mes terres et mes soldats sont impuissants car elle crache du feu et brûle tous ceux qui l'approchent.

Le héros a tout compris :

– Tu veux que je t'en débarrasse ?

Et comme le roi acquiesce, il s'écrie :

– Ne t'inquiète pas, elle ne me fait pas peur. J'y vais tout de suite.

Le jeune homme commence par faire un sacrifice aux dieux pour se les rendre favorables. Puis il prend ses armes. Mais si la vaillance ne lui fait pas défaut, il est conscient qu'elle ne suffira pas pour venir à bout d'un tel ennemi. Il décide donc de faire appel à un devin pour savoir comment s'y prendre. Et il lui est conseillé de commencer par dompter Pégase, le cheval ailé que Persée avait vu jaillir du cou de Méduse, et de s'en servir pour approcher la Chimère. Le héros part donc en Béotie, à la recherche de la fabuleuse monture.

Quand Bellérophon s'approche de lui, Pégase est tranquillement en train de paître sur les pentes du mont Hélicon. L'herbe y est grasse et délicieuse, les prés arrosés par une source d'eau pure que Pégase a fait jaillir, d'un coup de sabot. Sur ces pentes accueillantes se tiennent les Muses[1], ses amies. Mais s'il aime les caresses de ces déesses, il n'a jamais été touché ni monté par un être humain. Et pourtant, pendant que Bellérophon s'avance vers lui, le cheval ailé ne se dérobe pas. Il accepte les caresses de l'homme sans broncher. Bellérophon lui passe une bride d'or et saute sur le dos de l'animal confiant. Celui-ci fait quelques pas au trot, puis au galop déploie ses ailes couvertes de plumes blanches et prend son envol. Après quelques cercles autour du mont Hélicon, le cavalier s'assure sur son dos et les voilà partis, prêts à franchir la mer pour trouver Chimère.

Pégase et son cavalier volent au-dessus de Chimère, assez haut pour échapper à son souffle de feu. Ils passent et repassent dans le ciel. Bellérophon saisit son arc et la crible d'une volée de flèches. Aucune ne manque son but. Mais le monstre a la peau dure et, malgré son adresse, le jeune héros ne parvient qu'à le blesser. Le sang gicle et l'animal est rendu furieux par la douleur. Il rugit, se contorsionne pour atteindre son agresseur et crache des flammes plus hautes que jamais. Heureusement Pégase est habile, il semble même s'amuser à le provoquer. Il vole très bas et quand le monstre croit l'atteindre, il monte en chandelle pour lui échapper.

Le jeu est amusant, certes. Mais Bellérophon doit trouver

---

[1] Les Muses sont filles de Zeus et de Mnémosyne (Mémoire). Ces neuf déesses président aux arts. Elles accompagnent le dieu Apollon et séjournent avec lui sur le mont Parnasse. La plus respectée est Calliope, la Muse de la Poésie épique. Clio est la Muse de l'Histoire, Érato exprime les sentiments de la poésie élégiaque. Euterpe est la Muse de la Musique, Melpomène de la Tragédie, Polymnie de la Poésie lyrique. Thalie se consacre à la comédie, Terpsichore à la danse. Uranie est la Muse de l'Astronomie. Le temple des Muses à Athènes s'appelait le Musée.

un moyen de débarrasser la terre de ce monstre malfaisant. Sans doute inspiré par un dieu, il prend un morceau de plomb. C'est un métal assez mou pour qu'il réussisse à le piquer au bout de sa longue lance. Armé de cette seule lance et de son bouclier pour échapper aux flammes, il monte sur son cheval qui prend son vol. Pégase fonce vers la tête de Chimère sans montrer aucune peur. Au moment où la gueule du monstre s'ouvre pour expulser son souffle incandescent, le héros réussit à lui piquer hardiment sa lance dans la gorge. Le cheval esquive. Le feu craché par Chimère fait fondre le plomb qui coule et l'étouffe. La bête meurt.

Bellérophon pense être accueilli en sauveur mais le roi, loin de le féliciter, l'envoie immédiatement combattre seul contre un peuple voisin, le peuple des Solymes. Ces descendants d'Arès ont hérité du goût de la guerre.

– Il y a urgence, dit le roi pour se justifier, ils se massent à mes frontières.

Seuls contre tous, Pégase et Bellérophon font un carnage. Puis ce sont les Amazones[1] qu'il faut combattre. Les redoutables guerrières sont descendues des pentes du Caucase et des plaines de Thrace pour une de ces expéditions qui les amusent tant : piller, faire des esclaves, tuer des hommes, voilà leur plaisir. Après sa victoire, Bellérophon est envoyé combattre des pirates qui rançonnent les navires et les habitants des côtes à bord d'un navire effrayant, décoré d'un lion à la proue et d'un dragon à la poupe.

La stratégie du héros est toujours la même : sur son che-

---

[1] Les Amazones sont des femmes guerrières. Elles sont présentées plus précisément dans les travaux d'Héraclès (voir l'épisode de la ceinture d'Hippolyté, p. 90).

val, il survole l'ennemi et le crible de flèches. Face à ce combattant venu du ciel sur son étrange monture, ses adversaires sont désemparés et impuissants. Quand ils reprennent leurs esprits, Pégase est déjà loin. Il revient, plonge en piqué et son cavalier tire ses flèches en rafales. Sa rapidité est inégalable. Chaque fois, le combat est rapidement gagné. Mais le héros est un peu las des combats ; il aimerait bien savourer ses victoires.

Ce n'est pas encore le moment. Sur le chemin du retour, le roi lui tend une embuscade. Ses meilleurs gardes sont postés dans un défilé pour le surprendre. Bellérophon en vient facilement à bout. Certes c'est encore un jeune homme généreux et naïf face à la méchanceté humaine mais là, il comprend qu'il n'aura jamais de répit et que c'est à sa vie qu'on en veut. Il se met en colère et demande secours à Poséidon :

– Grand dieu Poséidon, maître des eaux et des mers, viens-moi en aide. Inonde cette plaine et je te sacrifierai un taureau blanc, sans tache, le plus beau du troupeau.

Aussitôt des vagues immenses sortent du lit de la mer et, doucement, se mettent à suivre les pas du héros. On dirait un troupeau calme et tranquille mené par un berger. Quand Bellérophon s'arrête, les vagues s'arrêtent. Quand il repart, elles le suivent. Personne ne parvient à les contenir, ni les fossés ni les digues bâties hâtivement. Elles dépassent les obstacles et accompagnent le jeune homme dans sa marche obstinée.

Les hommes viennent pour le raisonner mais il ne veut rien savoir. Des vieillards, des enfants le supplient à genoux d'épargner leur demeure, mais sa colère ne fléchit pas. Alors les femmes, pour sauver leur foyer et la vie de leurs enfants, se décident à agir. Toutes, même les plus jeunes et les plus belles, celles qui ne quittent pas le gynécée[1], laissent là leur pudeur et se précipitent dans la plaine pour s'offrir à lui en échange de sa pitié. Comme il ne semble pas s'intéresser à elles, elles prennent des poses provocantes, retroussent leurs longues robes. Mais le héros est tellement timide qu'il s'épouvante, fait demi-tour et se sauve en courant. Et, sur ses talons, les vagues refluent.

Le roi comprend alors qu'un tel homme n'aurait pu faire violence à sa fille. Il en est ravi car il l'apprécie. Il l'apprécie à tel point qu'il le rattrape pour s'excuser et lui proposer sa fille cadette en mariage et son trône comme dot. Une cérémonie grandiose a lieu et le roi en profite pour féliciter publiquement les femmes de son pays pour leur courage. En récompense, dorénavant, c'est leur nom qu'on donnera aux enfants et non celui de leur père[2].

Bellérophon a vécu très heureux auprès de sa femme. Elle lui a donné trois beaux enfants. Mais alors qu'il était au sommet de sa gloire, il lui est venu une idée qui n'a pas plu aux dieux : il a voulu chevaucher Pégase jusqu'à l'Olympe pour les voir. Mais c'est là une marque d'orgueil insupportable. Un humain, approcher le séjour des dieux ! Zeus envoie un taon piquer Pégase. Le cheval se met à ruer, à se cabrer de douleur. Malgré son habileté, son cavalier ne peut tenir sur son dos. Il tombe…

---

[1] Dans les demeures grecques, hommes et femmes vivaient séparés. Le gynécée est l'appartement des femmes. Une femme ou une jeune fille de bonne famille ne sortait jamais sauf pour les enterrements ou certaines cérémonies comme les panathénées à Athènes.

[2] En Grèce, il n'y avait pas de nom de famille mais on faisait suivre le prénom du nom du père ou d'un ancêtre mâle.

Bellérophon ne se tue pas mais il connaît un sort plus cruel : ayant atterri très brutalement dans un buisson d'épines, il en reste aveugle et boiteux. Zeus l'a maudit et personne n'ose plus l'approcher. Il erre sur les routes en mendiant son pain qu'on lui jette de loin. Il évite les hommes et attend la mort, misérablement.

Quant à Pégase, Zeus le prend à son service. C'est lui qui transportera la foudre que Zeus brandit pour maintenir l'ordre sur terre et dans l'Olympe. Les humains ne voient plus rien de lui sauf parfois une plume qui se détache de ses ailes et qui se pose doucement sur le sol.

Œdipe

Cadmos et la fondation de Thèbes

Quand Zeus eut enlevé Europe qui jouait avec ses compagnes sur la plage de Tyr[1], son père n'eut de cesse qu'on la retrouve. Il envoya ses fils à sa recherche en leur interdisant de revenir sans la ramener. Mais les jeunes gens s'aperçurent vite que leur quête était inutile car Zeus avait mis leur sœur à l'abri. Ne pouvant retourner chez eux, ils se fixèrent dans divers pays et l'un d'entre eux, Cadmos, décida de remonter vers le nord. Il s'arrêta à Delphes et l'oracle lui conseilla de fonder une ville. Pour en choisir l'emplacement, il n'avait qu'à suivre une vache jusqu'à ce qu'elle s'abatte pour mourir : ce serait là qu'il devrait s'installer.

Sur sa route, il découvrit, ruminant un peu à l'écart d'un troupeau, une belle bête aux flancs marqués du disque blanc de la lune. Comme il s'approchait, elle se leva. Il la suivit à travers la Béotie jusqu'à ce qu'elle se couche. Comprenant qu'il était arrivé sur l'emplacement de sa ville, il décida de sacrifier l'animal à la déesse Athéna. Il envoya donc ses compagnons chercher l'eau nécessaire pour se purifier. Ils découvrirent une source, qu'on appelait source d'Arès et y puisèrent de l'eau. Mais la source était gardée par un dragon, un fils d'Arès, qui les dévora presque tous. Alerté par leurs cris, Cadmos se précipita et réussit à venir à bout de la créature en lui écrasant la tête sous un rocher. Mais la mort de ses compagnons le privait d'hommes capables de l'aider à fonder la ville.

1► Le fils aîné de Zeus et d'Europe sera Minos.

Athéna lui conseilla donc de semer les dents du dragon.

– Des hommes armés en naîtront, expliqua la déesse. Ils pourront t'être utiles.

C'est ce que fit Cadmos. Mais les guerriers le menacèrent. Il eut donc l'idée de jeter une pierre au milieu d'eux et la ruse fonctionna : ils retournèrent leur ardeur belliqueuse contre eux-mêmes et s'entretuèrent. Il n'en resta plus que cinq qui devinrent ses plus fidèles sujets. On les appelait les hommes « semés ». Ils aidèrent Cadmos à gouverner quand il put enfin fonder la ville de Thèbes après avoir expié le meurtre du dragon en servant cinq ans Arès comme esclave.

Cadmos eut droit à la protection d'Athéna et épousa Harmonie, la fille d'Arès et d'Aphrodite. Les dieux et les Muses assistèrent au mariage et Aphrodite offrit à sa fille un collier d'or fabriqué par Héphaïstos et une robe, tissée par les Grâces, qui donnait à celle qui la portait une démarche divine. Cadmos et Harmonie régnèrent longtemps avant d'être transformés par Zeus en serpents bleus et envoyés sur l'île des bienheureux.

Œdipe et le sphinx

En ce temps-là sur Thèbes règne le roi Laïos. Il est l'arrière-petit-fils de Cadmos. Avant lui son grand-père puis son père ont régné. Mais Laïos ne pourra pas transmettre à son tour le trône car il n'a pas d'enfant. Son mariage avec Jocaste, la fille d'un des hommes « semés » par son ancêtre, demeure stérile. Malheureux, il consulte l'oracle de Delphes qui lui répond : « Ce malheur n'en est pas un en réalité car, si tu avais un fils de Jocaste, il te tuerait. »

Laïos décide donc d'éloigner sa femme, Jocaste. Mais

celle-ci veut tenter le destin. Elle a bien tort, il ne faut pas aller contre la volonté des dieux ! Pour vaincre les réticences de son époux, elle le fait boire et passe la nuit dans son lit. Cette manœuvre réussit car elle s'aperçoit bientôt qu'elle est enceinte. Neuf mois après, c'est l'incertitude : si elle accouche d'une fille, Laïos ne craint rien. Mais non ! finalement elle met au monde un garçon. Son père décide alors de l'exposer[1]. Il perce les chevilles du nouveau-né avec un clou, de façon à y passer une courroie, et le confie à un esclave pour qu'il aille dans la forêt l'accrocher par les pieds aux branches d'un arbre.

Avec son fardeau, l'esclave se met en route pour le Cithéron, la montagne la plus proche. C'est l'hiver, il fait froid, les bêtes sauvages ont faim : il pense que le bébé n'aura pas longtemps à souffrir. En chemin il rencontre des bergers qui sont venus dans cette montagne pour y faire paître les brebis du roi de Corinthe. Les hommes se saluent.

– Que portes-tu là, l'ami ? demande l'un des bergers.

– Un bébé, dont mon maître ne veut pas. Je vais l'exposer.

– Quel dommage ! Regarde comme il est joli… et bien constitué ! Donne-le-moi, je m'en charge.

– Mais je ne sais pas si…

– Ne t'inquiète pas, je l'emporte avec moi, loin d'ici.

– Après tout pourquoi pas ? Il fait trop froid pour monter dans le Cithéron. Et puis, ajoute l'esclave pris de pitié, si on expose un bébé plutôt que de le tuer, c'est pour lui laisser sa chance.

---

[1] En Grèce, la coutume était de ne pas élever les enfants non désirés (enfants illégitimes, enfants en surnombre ou malformés…). Lorsque le père refusait l'enfant, il l'abandonnait dehors. On disait qu'il était « exposé ». Parfois, il était recueilli mais, le plus souvent il mourait de faim.

C'est ainsi que le petit enfant a la vie sauve. Le berger détache ses liens, lui masse les pieds mais ils sont enflés et le resteront toute sa vie. Il en tirera son nom, Œdipe[1]. Le berger commence par nourrir l'enfant du lait de ses brebis puis l'apporte à son roi, Polybe, qui n'a pas d'enfant et le regrette. Sa femme et lui adoptent le nourrisson et l'élèvent comme leur fils sans lui révéler le secret de sa naissance. Il grandit au palais et aime s'amuser avec les enfants de son âge. Plus il grandit, plus il a de dispositions pour commander les autres quand ils jouent à la guerre, ce qui réjouit son père adoptif car cela montre qu'il a l'âme d'un chef et d'un roi. Mais son attitude n'est pas toujours du goût de ses camarades de jeu et, un jour qu'il a donné des ordres à un jeune garçon avec un peu trop d'arrogance, celui-ci le prend violemment à partie :

– Ça suffit, maintenant ! Pour qui te prends-tu ?

– Attention à qui tu parles, toi !

– A qui je parle ? A qui je parle ? Mais à un rien du tout !

C'est en vain que les autres essaient de le faire taire. Il ne peut plus se contenir, Œdipe l'a trop vexé.

– Tu n'es qu'un rien du tout, un enfant trouvé, un bâtard !

Œdipe riposte par un coup de pied, un coup de poing et on doit bientôt séparer les deux adversaires. Mais, quand il demande à son père pourquoi on le traite de bâtard, Œdipe ne reçoit pas de réponse satisfaisante. Il n'insiste pas, oublie l'incident mais, après quelques années, ayant entendu plusieurs fois cette insulte dans son dos, il décide de consulter l'oracle de Delphes pour en avoir le cœur net.

Après les cadeaux aux dieux et les purifications d'usage, il

---

[1] Œdipe, en grec, signifie « pied enflé ».

se présente devant la Pythie[1] et lui pose la question qui, maintenant, l'obsède :

– De qui suis-je le fils ?

Mais, au lieu de lui répondre, elle lui crie :

– Va-t'en ! Ne souille pas ce lieu un instant de plus. Car, je te le dis, tu tueras ton père et tu épouseras ta mère…

Un frisson d'horreur traverse l'assistance. Œdipe est anéanti. C'est comme si Zeus l'avait frappé de sa foudre. Sans plus réfléchir, il s'enfuit, droit vers le nord, à l'opposé de Corinthe. Il lui faut quitter ses parents qu'il aime tant, échapper à la prophétie.

Le cœur serré, il court sur la route qui serpente dans la montagne. Elle est étroite, accidentée, c'est plus un chemin qu'une route. Les larmes l'aveuglent, il trébuche, repart comme un fou. Dans un défilé étroit, bordé de rocs en surplomb, trois routes se rejoignent : celles de Delphes, de Daulis et de Thèbes. Il n'y a pas la place pour se croiser et c'est juste là que soudain, face à lui, arrive un char. Dessus, un vieillard et son cocher, derrière, une maigre escorte. Agacé, le vieillard ordonne à Œdipe de s'écarter. La patience, on le sait, n'est pas le fort du jeune homme.

– Dis-moi, vieillard ! De quel droit me donnes-tu des ordres ?

– Écarte-toi devant tes supérieurs !

– Je n'ai d'autres supérieurs que les dieux et mes parents.

Sans s'expliquer davantage, le vieil homme donne à son cocher l'ordre d'avancer et tente de frapper Œdipe de son bâton. Le char roule sur le pied d'Œdipe. Furieux, il transperce le cocher de sa lance et jette le vieillard à bas de son

---

[1] Voir en annexe «Oracles et devins», p. 15.

char. Empêtré dans les rênes, celui-ci est traîné par ses chevaux et meurt, déchiqueté sur les rochers. Sans s'en préoccuper, Œdipe s'attaque à l'escorte et tue les esclaves sauf un qui parvient à s'enfuir malgré ses blessures. Il retourne à Thèbes annoncer la nouvelle : le roi Laïos est mort ! Car c'est bien Laïos, son véritable père, qu'Œdipe vient de tuer. On n'échappe pas à son destin !

Laïos venait lui aussi consulter l'oracle de Delphes en toute hâte : un fléau s'était abattu sur la ville de Thèbes et il comptait sur Apollon pour en connaître la cause et le remède car, chacun le sait, les fléaux sont envoyés par les dieux en punition des fautes humaines. Un sphinx, créature monstrueuse au corps de lionne, aux ailes d'aigle et au visage de femme terrorisait sa région et paralysait la ville. Elle s'était installée dans la montagne, à l'ouest de Thèbes et, perchée sur un rocher à un détour du chemin, posait aux passants une énigme. S'ils ne répondaient pas – et aucun n'avait jamais pu répondre – elle les étranglait et les dévorait. Les ossements jonchaient le sol autour d'elle et personne n'osait plus passer par là.

Après le massacre, Œdipe ne s'est pas arrêté. D'ailleurs a-t-il seulement eu conscience de ce qu'il commettait ? Il poursuit sa course aveugle et n'a qu'une pensée : s'éloigner, s'éloigner au plus vite de ceux qu'il prend pour ses parents. Il remonte vers le nord et ses pas l'amènent vers l'antre du sphinx. A un détour du chemin, elle lui apparaît, assise sur son rocher et lui énonce ses conditions :

– Écoute-moi bien, passant. Je vais te poser une devinette. Le choix est simple. Ou tu la résous et je disparais à jamais, ou tu échoues et je te dévore. Mais je te préviens, personne n'a jamais pu répondre, regarde.

Et, d'un signe de tête, elle lui montre le tas d'ossements qui bloque le passage.

– Parle, répond hardiment Œdipe.

– Tu l'auras voulu, ricane-t-elle.

Et elle enchaîne :

– Quel est l'animal qui marche tantôt à deux pattes, tantôt à trois pattes, tantôt à quatre pattes et qui, contrairement à la loi générale, est le plus faible quand il a le plus de pattes ?

Œdipe réfléchit, et déjà le sphinx se pourlèche et fait jouer ses griffes, mais le jeune homme répond :

– C'est l'homme. L'homme qui marche à quatre pattes au matin de sa vie, sur ses deux pieds quand il est adulte, et s'aide d'un bâton dans sa vieillesse.

Et le sphinx qui avait cru son énigme insoluble pousse un hurlement de dépit et se précipite dans le ravin pour se fracasser la tête sur les rocs.

Prudemment, les Thébains qui ont entendu son cri de rage sortent de leurs maisons et voyant, sur la route maudite, marcher tranquillement ce jeune homme, ils l'entourent, le pressent de questions et l'acclament comme leur libérateur. Entre-temps la nouvelle de la mort du roi leur était parvenue. Le trône est vacant. Il semble donc tout naturel aux Thébains de l'offrir à leur sauveur et, pour assurer sa légitimité, on lui donne pour épouse Jocaste, la veuve de Laïos.

Pendant quelques années, tout se passe bien. La ville est prospère sous le sage gouvernement d'Œdipe. Jocaste et lui ont quatre enfants, deux jumeaux, Étéocle et Polynice, et deux filles, Antigone et Ismène. Mais les dieux n'oublient pas la malédiction ! Un jour, la peste s'abat sur Thèbes.

Les prières, les sacrifices, rien n'y fait : Thèbes se vide de ses enfants. Les morts ne se comptent plus. Ceux qui en ont encore la force s'exilent, mais la plupart sont trop faibles… Sur les marches du palais se pressent des suppliants qui attendent que leur roi vienne à leur secours. Ne les a-t-il pas déjà sauvés du sphinx?

– Mes pauvres enfants, leur répond Œdipe, vous souffrez, je le sais. Je suis votre roi, votre protecteur et, pour vous aider, je ferai tout ce qui est en mon pouvoir. J'ai déjà envoyé le frère de ma femme, Créon, à Delphes, pour que l'oracle nous éclaire sur la volonté des dieux. J'attends son retour.

Quand Créon revient, tous sont heureux car la réponse de l'oracle d'Apollon est claire : « Il faut châtier l'assassin de Laïos. »

Mais qui est responsable de cette mort ? L'esclave survivant l'avait attribuée à une bande de brigands : il craignait sans doute les reproches s'il avait annoncé qu'un homme seul était venu à bout de la petite troupe. Œdipe, dont la clairvoyance n'est plus à prouver, décide de reprendre l'enquête que, par la faute du sphinx, les Thébains n'avaient pu mener.

– Si quelqu'un sait quelque chose, qu'il le dise, fait-il proclamer dans toute la ville! S'il est coupable, qu'il ne craigne pas pour sa vie. L'exil sera sa seule punition. S'il connaît l'assassin, qu'il parle. Je saurai lui montrer ma gratitude. Mais en revanche, si vous restez muets, si vous craignez pour vous ou l'un des vôtres, je vous maudis! Quel que soit le coupable, je le maudis! Que personne dans Thèbes ne lui parle ou ne lui accorde aide et hospitalité, qu'il disparaisse de notre cité et cesse de la souiller.

C'est là une terrible imprécation que vient de prononcer Œdipe. Nul ne pourrait y échapper. Mais personne ne parle parce que personne ne peut le faire. Le seul témoin, l'esclave survivant, avait demandé à être envoyé au loin, dans la montagne, pour s'occuper des troupeaux et Jocaste avait accepté, émue par son chagrin. Il faut donc faire appel à un homme particulièrement clairvoyant, le devin Tirésias.

Ce devin est un homme extraordinaire. De nombreuses légendes courent sur lui. On dit qu'ayant vu deux serpents s'accoupler, il en a tué un, la femelle, et s'est alors transformé en femme. Puis quelques années plus tard, assistant au même spectacle, il aurait tué le mâle et se serait retransformé en homme. D'autre part, raconte-t-on, son regard est tombé sur Athéna qui se baignait, nue. Pour le punir, la déesse l'a rendu aveugle. Mais, attendrie par le désespoir de sa mère, elle lui a donné le don de seconde vue et une existence qui durerait plus de sept générations. Quoi qu'il en soit, sous le règne de Laïos, il est très vieux et très célèbre.

Mais Tirésias se fait tirer l'oreille. Il ne veut pas venir, il ne veut pas parler, même quand Œdipe le supplie. Quand il se présente enfin à la cour, appuyé sur un bâton de cornouiller que lui a donné Athéna, il commence par dire :

La peste ne prendra fin que si un homme « semé », un des derniers compagnons de Cadmos, donne sa vie pour la cité.

Aussitôt le père de Jocaste se précipite du haut des remparts. Tout le monde est ému par tant de dévouement à la cité. Mais Tirésias, tout en le louant, ajoute que les dieux songeaient à quelqu'un d'autre mais il ne veut pas en dire plus. Les Thébains n'y comprennent rien. Du temps de Laïos, il était toujours prêt à accorder son aide. Ses réticences mettent Œdipe en rage ; il le somme de parler. Il le traite d'insensible, d'entêté.

– C'est moi que tu blâmes, crie Tirésias furieux, alors que je ne cherche qu'à t'épargner ?

– Oui je te blâme et, même, je vais te dire ce que je pense : je crois que c'est toi qui as commandité le crime… avec Créon, pour vous emparer du pouvoir. J'en suis même certain.

Fou de rage, Tirésias ne veut plus se taire :

– Vraiment ! Eh bien, sache-le : le criminel qui souille notre pays, c'est toi. C'est toi qui as tué ton père, c'est toi qui vis avec ta mère dans un mariage infâme ! C'est toi et toi seul qui es la cause de notre perte !

– Comment oses-tu, s'indigne Œdipe, colporter de telles horreurs ? Est-ce toi ou Créon qui as inventé cette histoire ? Tu ne t'en tireras pas comme cela. Retire tout de suite ce que tu as dit.

– Je n'ai pas d'ordre à recevoir de toi. Apollon est mon seul maître.

– Cela suffit, pauvre aveugle. Tu es aussi aveugle dans tes prédictions que dans la vie.

– C'est cela, insulte-moi. Mais tu verras : jamais un homme n'aura autant été broyé par le destin que toi.

Sur ces paroles, Tirésias s'en va. Les Thébains sont atterrés. La même scène se reproduit avec Créon : Œdipe l'accuse de comploter contre lui et c'est Jocaste qui doit les séparer. Elle essaie de rassurer Œdipe :

– Ne t'inquiète pas des paroles de Tirésias : les devins aussi peuvent se tromper. Tiens ! On avait prédit que Laïos serait tué par son fils et il l'a été par des brigands, à un carrefour.

A ces mots, Œdipe chancelle ; il sent sa raison le quitter.

– Tu as dit à un carrefour ? Où ?

– Là où se rejoignent les routes de Delphes, de Daulis et de Thèbes. Quelques jours avant ton arrivée…

– Ah! Zeus, que fais-tu de moi?

– Mais qu'as-tu, Œdipe?

– Dis-moi, femme, reprend-il, à quoi ressemblait Laïos, comment voyageait-il?

– Il allait en modeste équipage. Cinq gardes tout au plus… Il était grand, ses cheveux commençaient à blanchir. Tiens! Il avait un peu ton allure.

– Ciel! Reste-t-il des témoins?

– Un vieil esclave, qui m'a suppliée de le renvoyer aux champs. Je peux le faire venir. Mais dis-moi, cher époux, ce qui te rend si nerveux.

Et Œdipe raconte toute son histoire à sa femme. Mais Jocaste refuse de s'inquiéter : elle croit au récit du vieil esclave.

– Et, de toute façon, ajoute-t-elle, tu n'es pas le fils de Laïos mais celui de Polybe, roi de Corinthe.

Alors qu'ils attendent le retour du vieillard arrive un messager de Corinthe. Il vient annoncer à Œdipe la mort du roi Polybe et lui demander de revenir pour prendre sa succession. Si Œdipe est triste d'apprendre la mort de celui qu'il prend toujours pour son père, il est soulagé de ne pas en être la cause. Mais il hésite à revenir à cause de la prédiction qui concerne sa mère et fait part de ses inquiétudes au messager.

– C'est cette seule crainte qui t'éloigne de Corinthe? demande le messager. Mais je peux t'en délivrer immédiatement. Polybe ne pouvait pas avoir d'enfant. Il t'a donc recueilli et je suis bien placé pour le savoir car c'est moi qui t'ai sauvé la vie.

– Mais où m'as-tu trouvé?

– Non loin d'ici; c'est un berger de Laïos qui t'emportait, les pieds liés pour t'attacher à un arbre. Justement, si mes yeux ne me trompent pas après tant d'années, c'est lui qui arrive.

Et cet homme, c'est justement celui que Jocaste a fait venir. Décidément, c'est lui qui tient tous les fils de cette enquête. Jocaste, qui comprend soudain toute la vérité, supplie Œdipe de ne pas aller plus loin, mais lui veut savoir. Il veut aller jusqu'au bout. Il interroge le berger. Celui-ci fait tout ce qu'il peut pour ne pas répondre. Mais pressé par Œdipe, son maître, il explique :

– Oui, j'ai remis au berger de Polybe un enfant né chez Laïos. Son fils, sans doute, mais cela, dit-il en montrant Jocaste, c'est sa mère qui pourra le dire. C'est elle qui me l'avait remis.

– Pour quoi faire?

– Pour le tuer.

– Sa mère?

– La pauvre femme, elle avait peur d'un oracle : l'enfant tuerait son père un jour.

– Hélas! Hélas! s'écrie Œdipe, tout est donc vrai! Je suis l'époux de qui je ne devais pas être et le meurtrier de qui je ne devais pas tuer! Comment pourrais-je continuer à voir le jour?

A ces nouvelles, Jocaste se précipite dans ses appartements où elle pleure sur sa descendance maudite. Puis elle se tue, désespérée. Œdipe court dans le palais, comme un fou, cherche une arme pour se tuer. Il entre dans la chambre de Jocaste – doit-on l'appeler sa femme ou sa mère? –, la trouve pendue à une poutre. Il la détache en gémissant, arrache les agrafes d'or qui retenaient sa robe et se met à s'en frapper les deux yeux.

– Ainsi je ne verrai plus le mal que j'ai causé ni celui que j'ai subi.

Et, en prononçant ces paroles, il frappe inlassablement jusqu'à ce que le sang ruisselle dans sa barbe. Il demande à dire adieu à ses enfants, puis s'éloigne de Thèbes.

Étéocle et Polynice : les sept contre Thèbes

Quand Œdipe se crève les yeux, Créon, le frère de sa mère, prend la régence. Si les filles d'Œdipe traitent toujours leur père avec les honneurs qui lui sont dus, ses fils n'ont pas pitié de lui et l'insultent. C'est une grande souffrance pour Œdipe. Après tout, s'il a commis ces crimes, c'était sans le vouloir. Il était le jouet des dieux. Trois fois il est insulté par ses fils et trois fois il leur lance une imprécation. La première fois, ils le tournent en dérision en lui rappelant ses origines ; il leur prédit qu'ils ne pourront vivre en paix. La deuxième fois, lors d'un sacrifice aux dieux[1], ils lui envoient un bas morceau, l'os de la cuisse au lieu de l'épaule qui est le morceau royal. En jetant cet os, il leur prédit qu'ils se tueront l'un l'autre. Enfin, quand ses fils le font emprisonner, il leur annonce qu'ils se partageront son héritage les armes à la main.

Œdipe ne reste pas en prison. Créon l'exile. Il part seul,

---

[1] Généralement, quand on sacrifie un animal à un dieu, on ne brûle en son honneur qu'une petite partie de la victime et les chairs de l'animal sont partagées entre les prêtres et les assistants pour être consommées. Le partage suit la hiérarchie sociale.

pauvre et aveugle, avec son bâton, et mendie sa nourriture sur les routes de Grèce. Sans cesse il est harcelé par les Érinyes[1], les terribles déesses de la Vengeance, qui ne peuvent lui pardonner son double crime. Sa fille, Antigone, ne peut supporter que son père soit ainsi abandonné. Elle se sauve du palais, l'accompagne pour lui servir de guide.

Cependant Étéocle et Polynice grandissent et sont en âge de prendre le pouvoir. Comme ils sont jumeaux, ils y ont droit tous les deux. Aussi, pour échapper à la malédiction de leur père, décident-ils de se partager le trône en régnant chacun un an. C'est Étéocle qui gouverne le premier mais, au terme de cette année, ayant sans doute pris goût au pouvoir, il refuse de céder la place à son frère. Pis, il le bannit.

Accompagné de Tydée, un autre prince banni lui aussi, par un soir d'orage, Polynice arrive dans le Péloponnèse à Argos. Les deux jeunes gens entrent dans le palais du roi Adraste et dans la cour du palais se querellent et en viennent aux mains. Éveillé par leurs cris, Adraste descend en personne pour les séparer. A ce moment, un éclair illumine leurs boucliers : l'un porte la gravure d'un lion, l'autre d'un sanglier. Alors Adraste se souvient d'une prophétie qui l'invite à « atteler son char au lion et au sanglier » et donne deux de ses filles en mariage aux jeunes gens puis propose à Polynice de monter une expédition pour l'aider à reconquérir son trône.

Il se trouve sept chefs pour participer à cette guerre. Seul l'un d'eux, Amphiaraos, le beau-frère d'Adraste, est réticent. Il est réputé grand guerrier et habile stratège, mais c'est aussi un devin et il sait que l'expédition court à l'échec. Pour l'obli-

---

[1] Voir la note p. 37.

ger à y participer, Adraste emploie une ruse. La femme d'Amphiaraos a beaucoup d'influence sur lui. Il faut donc l'acheter. Polynice lui offre la robe et le collier qu'Aphrodite avait jadis donnés à son ancêtre Harmonie. Prise comme arbitre par Adraste, elle envoie donc son mari au combat.

L'expédition remonte vers le nord. En passant, Polynice s'arrête à Colone, un bourg près d'Athènes, où il veut rencontrer son père. En effet chassé de partout au seul écho de son nom, Œdipe était arrivé au terme de sa longue errance dans cette bourgade et se reposait dans un bois sacré, justement consacré aux Érinyes. Les dieux lui avaient enfin pardonné et Thésée, le roi d'Athènes, l'avait autorisé à y attendre la mort et à y être enterré. Polynice s'approche de son père en suppliant :

– Mon père, je te vois aujourd'hui sale et en haillons, et je m'aperçois que j'ai mal agi envers toi. Je ne peux pas revenir en arrière mais je comprends mieux mes fautes maintenant que je suis moi aussi un exilé, un banni. Mon frère m'a dépossédé du pouvoir et j'ai monté une expédition avec les meilleurs chefs argiens pour le lui reprendre. Viens avec moi, aide-moi et je te rétablirai dans ta maison avec tous les honneurs.

– Misérable, s'indigne Œdipe. Ton frère et toi êtes-vous jamais venus au secours de votre père ? Tout comme lui, c'est toi qui m'as jeté sur les chemins, c'est toi qui as fait de moi un misérable mendiant. Qui serait venu à mon secours si je n'avais pas eu de fille ? Sache que ton oncle Créon est venu me faire la même requête pour Étéocle, et je te ferai la même réponse : je vous maudis, toi et ton frère ! J'invoque les Enfers pour qu'ils vous prennent en leur sein ! J'invoque Arès qui vous a mis au cœur cette terrible haine ! J'invoque les Érinyes, déesses de ce lieu. Toi et ton frère vous vous détruirez l'un l'autre. Pars maintenant, laisse-moi mourir tranquille.

Et Polynice repart, sans raconter sa tentative à ses compagnons. Ils agiront seuls. Arrivés près de Thèbes, les Argiens, sous le commandement de Polynice, donnent un premier assaut. Les Thébains sont sortis de la ville pour combattre devant les remparts mais ils sont repoussés et réussissent à grand-peine à refermer les lourdes portes de la ville devant l'armée ennemie. Les Thébains sont désespérés et Étéocle fait appel à Tirésias :

– Vous aurez la victoire, répond le vénérable devin, si un prince thébain se sacrifie à Arès.

Aussitôt, sans hésiter, comme son grand-père au temps de la peste, le fils aîné de Créon se jette du haut des remparts, la tête la première.

Les guerriers de Polynice reviennent à la charge. Ils réussissent à placer une échelle devant la muraille et, au moment où le premier soldat va y prendre pied, Zeus le foudroie. L'épée à la main, les Thébains se précipitent pour faire une sortie et taillent en pièces l'armée ennemie. Trois chefs sont tués. Tydée, l'ami de Polynice, est blessé au ventre ; il est couché par terre. La déesse Athéna qui a de l'affection pour le jeune homme part auprès de Zeus pour rapporter de l'élixir de vie mais Amphiaraos, qui le déteste pour avoir suscité cette guerre, coupe la tête de son agresseur, la lance à Tydée et lui crie :

– Tiens, venge-toi ! Dévore-lui la cervelle.

Quand Athéna revient et découvre ce spectacle répugnant, elle vide le flacon d'élixir par terre et s'en retourne écœurée sur l'Olympe. Ainsi périt Tydée.

Pour faire cesser le carnage, Polynice propose un duel entre son frère et lui. Étéocle accepte et les deux jumeaux s'affrontent devant les murailles. Les armées sont assemblées car les deux héros sont des guerriers formidables et le spectacle promet d'être grandiose. Chacun fait des vœux pour son camp. Le combat commence, les épées s'entrechoquent, les deux frères, tout à leur haine implacable, sont acharnés. Mais enfin, après une passe d'armes particulièrement féroce, ils se blessent l'un l'autre et meurent aussitôt. La malédiction d'Œdipe s'est réalisée.

Immédiatement Créon prend la tête de l'armée thébaine et les Argiens, démoralisés, sont vite mis en déroute. Amphiaraos s'enfuit sur son char, au triple galop. Il est poursuivi par un adversaire qui parvient à le rattraper, quoi qu'il fasse. Un coup d'épée l'atteint entre les omoplates mais, avant qu'il ne soit transpercé, la foudre de Zeus déchire le sol qui s'entrouvre devant ses chevaux. Vivant, il est envoyé régner sur les morts aux Enfers. Seul Adraste réussit à s'enfuir à temps car il montait un cheval ailé.

Antigone

Après la mort des deux jumeaux qui ne laissent pas d'héritier, Créon redevient roi de Thèbes. Il décide qu'Étéocle, qui a défendu sa ville, sera enterré avec tous les honneurs dus à un chef, tandis que le corps de Polynice sera laissé à l'abandon en proie aux chiens et aux corbeaux[1]. A ceux qui objectent que Polynice était dans son droit quand il cherchait à récupérer sa part d'héritage, Créon répond :

---

[1] Dans la Grèce antique, il est considéré comme sacrilège de ne pas enterrer les morts selon les rites qui leur permettent de parvenir aux Enfers.

– C'est ainsi qu'on traitera tous ceux qui s'attaquent à Thèbes.

Pour être sûr qu'on lui obéira, il poste des gardes près du cadavre.

Mais le soir même, Antigone, la fille aînée d'Œdipe, demande à sa sœur Ismène :

– Nous ne pouvons pas laisser ainsi le corps de notre frère. Viens m'aider à l'enterrer.

– Malgré l'interdiction de Créon ?

– Créon est un tyran, c'est vrai, mais ce n'est qu'un homme et les lois des dieux nous obligent à l'enterrer selon les rites.

– Je n'aurai jamais le courage de m'opposer à notre oncle. Nous ne sommes que des femmes, ne l'oublie pas.

– Très bien. Retourne donc parmi les femmes, répond Antigone avec mépris. J'agirai seule.

Et elle tourne le dos à sa sœur.

Juste avant l'aube, à l'heure où les gardes, fatigués, relâchent leur attention, elle part accomplir son dessein. Elle jette une poignée de poussière sur le corps de son frère et commence les lamentations funèbres. Personne ne la remarque et elle s'esquive au lever du jour. Malgré leur crainte, les gardes sont bien forcés d'avertir Créon. Il se met en colère, leur ordonne de balayer la poussière du corps et les menace des pires supplices s'ils n'ouvrent pas l'œil plus attentivement. Le roi est craint de ses soldats. Ils le savent capable d'exécuter ses menaces. Aussi sont-ils plus vigilants la nuit suivante.

Cela n'arrête pas la jeune fille qui recommence son geste, sans vraiment se cacher. Mais cette fois elle est prise et aussitôt conduite à Créon par des gardes soulagés d'avoir évité le pire.

Il l'avertit que leurs liens familiaux ne la sauveront pas et lui reproche vivement sa désobéissance aux ordres qu'il a édictés.

– C'est que, répond-elle sans se troubler, les lois divines sont plus importantes que les lois humaines. Selon les dieux, mon frère doit être enterré.

– Mais c'est la terre ancestrale qu'il ravageait. Peut-on accepter cela ?

– Il en a été puni : il est mort ! C'est aux juges des Enfers de décider de son sort, Créon. Pas à nous, les mortels. Pas même à toi, le tyran[1] de Thèbes. Tu ne peux refuser d'obéir aux dieux.

– Ce que je refuse surtout, c'est le désordre dans ma ville. Et puis ce n'est pas une femme qui me dictera ma conduite !

Et, s'adressant aux Thébains, il ajoute :

– Qu'on la tue tout de suite ! Et sa sœur avec elle ; elle doit être complice.

C'est à grand-peine qu'on réussit à détourner Créon de sa colère contre Ismène. Mais pour Antigone, il est intraitable :

– Ne souillons pas la ville d'un meurtre supplémentaire. Conduisez-la au tombeau de ses ancêtres ; c'est une caverne fermée par des rochers. Qu'elle choisisse elle-même : mourir de faim ou se suicider !

Tandis qu'on emmène la jeune fille, le dernier fils vivant de Créon, Hémon, tente de fléchir son père. Il est fiancé à la jeune fille et voudrait la voir libérée.

– Père, dit-il, je t'en prie, réfléchis. Antigone n'a pas tort. La punition de Polynice est impie. Les dieux nous puniront.

Mais son père s'obstine.

---

[1] Un tyran est un souverain qui exerce un pouvoir absolu. Le mot n'a pas forcément en grec la connotation péjorative que nous lui connaissons.

– Père, ajoute Hémon, les Thébains murmurent. Devant toi ils n'osent rien dire, tu les intimides trop, mais moi je les entends. Ils pensent qu'Antigone a bien agi et qu'elle est digne des plus grands honneurs.

Créon refuse toujours d'écouter son fils et celui-ci, désespéré et révolté, le menace de se tuer avec celle qu'il aime.

C'est alors qu'arrive le devin Tirésias, toujours plus vieux, toujours plus voûté, guidé par un enfant. Il s'adresse à Créon d'un ton sévère :

– La situation est grave, seigneur ! Les oiseaux qui, par leurs chants, me dictaient mes prédictions, sont aujourd'hui muets. Je ne les entends que se battre et s'entretuer pour pouvoir se gaver à loisir du cadavre de Polynice. Pris de peur, j'ai voulu offrir des sacrifices aux dieux mais les dieux n'en veulent pas. La viande, sur les autels, crache de la graisse et ne brûle pas. Tout est souillé par les cadavres des héros massacrés. Créon, reconnais ton erreur ! Ensevelis ce mort ! Tu prives Hadès de ce qui lui est dû. En revanche, tu dois libérer Antigone. C'est un mari qu'il lui faut. Pas un tombeau !

Comme jadis Œdipe, Créon refuse d'écouter les conseils de Tirésias. Il se met en rage contre lui et l'accuse d'être vendu au parti des Argiens et de Polynice. Tirésias n'est pas patient. Il ne supporte pas que l'on mette en cause son intégrité. Le ton monte et le vieil aveugle finit par menacer le roi :

– Tu es trop orgueilleux, Créon. Tu sais que les dieux n'aiment pas cela. Les Érinyes te guettent et, pas plus tard que ce soir, la mort sera dans ta maison.

Sur ces mots, Tirésias s'éloigne dignement. Si Créon n'a pas voulu céder devant lui, il est tout de même ébranlé par les paroles du vieux sage. Après une longue méditation, il décide enfin de revenir sur sa décision. Il se rend auprès du cadavre de Polynice, le fait laver, fait les offrandes et les sacrifices rituels, puis le brûle sur un bûcher comme c'est la coutume. Puis il se rend au tombeau pour délivrer Antigone.

Mais, hélas, arrivé aux rochers qui le ferment, il entend un faible gémissement. C'est la voix de son fils. En hâte il fait déblayer les pierres et entre dans la caverne. C'est alors qu'il voit Hémon en pleurs aux pieds d'Antigone. Elle est morte, pendue avec son écharpe. Quand Créon veut prendre son fils dans ses bras, celui-ci a un geste de recul. Il prononce des mots incohérents et dégaine son épée. Il se jette sur son père pour le frapper et, comme on l'en empêche, il retourne l'arme contre lui et se perce le flanc. C'est un mort que Créon reçoit dans ses bras.

Comme il le rapporte au palais, sa femme, alertée, sort en courant à sa rencontre. Muette et désolée, elle serre son dernier enfant sur son cœur et, toujours sans un mot, se suicide d'un coup de couteau dans le foie.

Et Créon reste seul avec son désespoir.

Ainsi, seul souvenir de l'épopée de Cadmos et de ses hommes « semés », il ne reste plus qu'un vieux roi solitaire et une toute jeune fille timide.

Orphée

Il y a en Thrace un musicien très doué. Quand il chante en s'accompagnant de sa lyre, les bêtes fauves se font douces comme des agneaux et le suivent pour l'écouter; les arbres s'inclinent vers lui comme s'ils voulaient danser et les rochers s'animent. Avec quelques notes, il attendrit même les hommes les plus sauvages. Ses dons lui viennent de sa mère, Calliope, la première des Muses[1]. Elle a eu cet enfant d'un fils du dieu Arès, Oeagre, dieu-Fleuve selon les uns ou simple roi de Thrace selon d'autres. La lyre d'Orphée lui a été offerte par Apollon lui-même. Le musicien passe aussi pour l'inventeur d'un autre instrument de musique, la cithare, qu'il a dotée de neuf cordes en l'honneur des neuf Muses.

Après un voyage en Égypte dont il a étudié la religion, Orphée a participé avec Jason à la conquête de la Toison d'or. Ce n'était pas un guerrier comme Héraclès mais ses dons de musicien lui ont permis de sauver plusieurs fois l'expédition de graves dangers. En particulier il a protégé les Argonautes des redoutables sirènes qui attirent les marins par la beauté de leurs chants, en les retenant par des mélodies encore plus envoûtantes.

De retour en Thrace, il épouse la nymphe[2] Eurydice dont il est tombé éperdument amoureux. Après l'avoir poursuivie dans les campagnes et les forêts en chantant pour elle,

---

[1] Voir la note p. 42.
[2] Les nymphes sont les divinités qui peuplent la nature : forêts, sources, rivières et campagne.

accompagné de son habituel cortège d'animaux extatiques, il l'a charmée et elle l'a aimé.

Leur mariage est très heureux jusqu'au jour où Eurydice part se promener le long du fleuve Pénée. Elle s'assied pour contempler ses eaux. Or justement passe par là le berger Aristée, le petit-fils du fleuve, qui vient récolter le miel de ses abeilles. C'étaient les Muses qui lui avaient appris les travaux agricoles et il était devenu un expert renommé en apiculture. Mais, troublé par la grande beauté d'Eurydice, Aristée oublie son miel et ses abeilles et se jette sur elle pour la violer. Dans un sursaut, Eurydice réussit à échapper à son étreinte. Elle hurle mais personne ne l'entend. Elle se met à courir sur la rive vers son palais. Elle aurait pu réussir à se sauver mais le destin a voulu que, dans l'herbe, se cache un serpent d'eau monstrueux. La malheureuse pose sur lui son pied nu, il la mord au talon et elle meurt instantanément.

On entend, dans toute la Grèce, pleurer ses sœurs les nymphes. Les dieux punissent Aristée en faisant dépérir ses abeilles. Et Orphée est inconsolable. Il cherche dans les accents de sa lyre à adoucir son chagrin, mais les jours passent et il ne cesse de penser à sa femme. Solitaire, il l'appelle dans ses chants, de l'aube au soir et la nuit, le sommeil le fuit.

Un jour, il relève la tête ; il a pris une décision : il ira chercher Eurydice aux Enfers. Il forcera la porte du séjour des morts et ramènera sa femme. Il l'arrachera au souverain de ces lieux, l'impitoyable dieu Hadès, celui qu'on surnomme Ploutos – le riche – car ses biens et le nombre de ses sujets ne cessent d'augmenter.

Orphée remonte vers l'Épire au nord de la Grèce. Dans une sombre vallée coule un fleuve, l'Achéron, qui se perd soudain dans une faille. C'est une bouche des Enfers! Orphée prend sa lyre, se met à jouer et, avec détermination, il s'enfonce dans le sol, vers le sombre séjour des morts. Là où le fleuve pénètre sous terre s'étend un marécage de roseaux et de vase croupissante. C'est là que doivent traverser les âmes des morts, ombres sans consistance qui volettent sur les rives. Elles attendent que le passeur vienne les prendre dans sa barque couleur de rouille, qu'il manœuvre avec une gaffe. C'est Charon, un terrible vieillard sale, hirsute et vêtu de haillons. Sa barbe blanche est emmêlée et, d'un regard terrible, il fixe les âmes qui l'attendent. De sa gaffe, il écarte sans pitié ceux qui n'ont pas à la main la pièce d'une obole[1] qui paiera leur passage. Ils resteront cent ans à se lamenter dans les marais avant d'être acceptés aux Enfers. A plus forte raison, jamais un vivant ne saurait monter dans sa barque. Mais les accents de la lyre d'Orphée sont si émouvants que le vieillard grognon se laisse fléchir et, malgré les risques de voir se déchaîner la colère d'Hadès, il fait passer Orphée.

Il suit le chemin des âmes et doit traverser de grandes étendues : le Cocyte, un fleuve d'eau glacée, et le Phlégéton qui roule des torrents de flammes. A leur jonction, une immense cascade et de grands tourbillons : c'est là que naît l'Achéron. Orphée passe aussi près du Styx, le fleuve sur lequel les dieux prononcent leurs serments les plus sacrés. Autour d'Orphée, un cortège de fantômes : ce sont les âmes des morts qui se lamentent, les enfants arrachés trop tôt à leur mère, les innocents condamnés par erreur, les assassinés, les suicidés. Tous regrettent la vie. Plus loin les monstres

---

[1] Une obole est une piécette de peu de valeur.

infernaux, des Centaures, des Harpyes, des hydres poussant des sifflements horribles, Briarée, le géant aux cent bras, la Chimère crachant des flammes… Mais Orphée n'a pas peur. Il ne pense qu'à son Eurydice. Il joue de la lyre, et le tumulte autour de lui se calme. Tous l'écoutent et oublient leurs souffrances.

Mais il y a d'autres obstacles à franchir : il faut encore passer les portes de bronze qui ne s'ouvrent que pour laisser entrer les âmes. Devant, toujours en alerte, un gardien terrifiant est enchaîné là pour interdire l'entrée aux vivants et la sortie aux morts. Une croupe monstrueuse terminée en queue de serpent, trois têtes de chien au cou hérissé de couleuvres, trois gueules écumantes au souffle empoisonné, c'est Cerbère. Et ce monstre se fait tout doux dès qu'il entend les chants d'Orphée. Il se couche, ses aboiements cessent, son regard devient presque tendre. Il remue la queue comme un brave chien et Orphée peut franchir les portes de bronze.

Il continue d'avancer sur le chemin ténébreux. A sa gauche des lueurs, les flammes du Phlégéton. Elles éclairent des remparts et une tour de métal indestructible. On entend des hurlements, des coups. On distingue une troupe de femmes vêtues de robes ensanglantées et armées de fouets. Ce sont les Érinyes[1] qui tourmentent les grands criminels. Car Orphée longe le Tartare, le lieu des supplices réservés aux méchants. Mais ici aussi le pouvoir du musicien agit : les Érinyes cessent de crier et de battre les damnés. Même les plus monstrueux ont un instant de répit : Tantale n'a plus ni faim ni soif, le rocher de Sisyphe tient en équilibre et la roue

1➔ Voir la note p. 37.

d'Ixion s'arrête de tourner[1]. Ce sera leur seul moment de grâce dans une éternité de souffrances.

Enfin, laissant derrière lui le Tartare et les Champs Élysées où s'ébattent les âmes des justes, Orphée pénètre dans le palais où séjournent le dieu Hadès et son épouse Perséphone. Il se prosterne devant leur trône. Perséphone, qui connaît sa renommée, lui demande de chanter en s'accompagnant de sa lyre. Il cherche les mélodies les plus émouvantes, il joue comme il n'a jamais joué et réussit à adoucir le cœur, pourtant réputé impitoyable, de la déesse. Elle intercède pour lui auprès d'Hadès. Il fera une exception et rendra Eurydice. Mais Perséphone y met une condition : Eurydice suivra son mari qui la guidera avec sa musique, mais il ne devra pas se retourner pour la voir avant d'avoir quitté le séjour des morts. Orphée, fou de joie, accepte et la déesse lui indique le chemin vers la surface de la terre.

Orphée et Eurydice cheminent lentement sur un sentier abrupt, obscur et silencieux. Déjà ils s'approchent de la lumière du jour et ont presque échappé à tous les périls quand une soudaine folie s'empare du malheureux mari. Il s'arrête et, tremblant que sa chère épouse ne disparaisse, oubliant tout, hélas, il se retourne pour la contempler. Cet égarement est bien pardonnable, mais les dieux d'en bas ne savent pas pardonner !

---

[1] Ixion avait commis un parjure et un meurtre : il avait précipité son beau-père dans une fosse pleine de charbons ardents. Personne n'acceptait de le purifier et seul Zeus eut pitié de lui. Mais Ixion tomba amoureux d'Héra et désira s'unir à elle. Zeus créa une nuée à l'image d'Héra pour voir jusqu'où Ixion pousserait l'ingratitude. Il osa s'unir avec elle et la nuée enfanta Centauros, le père des Centaures. Pour le punir de ce sacrilège, Zeus attacha Ixion sur une roue enflammée qui tourne éternellement dans le Tartare et le brûle.

— Quelle folie t'a perdu! s'exclame la pauvre femme. Orphée, mon cher amour, me voici à nouveau séparée de toi! Les dieux cruels me tirent en arrière, mes yeux se ferment, je suis emportée dans la nuit immense et je tends vers toi mes mains impuissantes. Hélas! je ne t'appartiens plus.

Orphée veut la retenir mais il ne saisit qu'une ombre qui s'évanouit bientôt. Déjà elle remonte sur la barque de Charon.

Malgré les prières d'Orphée, le cruel batelier ne lui permet plus de repasser les marais de l'Achéron et il reste sur la rive en pleurs parmi les âmes qui attendent le passage. Orphée reste figé. Il ne sait où aller. Quelles divinités invoquer? Il finit par remonter, désespéré, dans un monde qu'il déteste. Durant des mois, il reste près de la bouche des Enfers, dans cette plaine désolée, pleurant et chantant ses malheurs, charmant les tigres des accents de sa lyre. Aucune femme ne fléchit son cœur, aucun amour ne peut le consoler. Et pourtant beaucoup brûlent de s'unir au poète et souffrent de son dédain. Cette attitude excessive est une offense pour Aphrodite, la déesse de l'Amour. Elle inspire de la colère aux femmes thraces dédaignées par le beau musicien.

Une nuit, alors que les hommes du pays se sont enfermés dans une pièce pour pratiquer avec Orphée un nouveau culte auquel il avait été initié en Égypte, les mystères[1], leurs femmes, vêtues de voiles légers et couronnées de lierre jouent

---

[1] Depuis sa descentes aux Enfers, Orphée passait pour avoir appris comment éviter les pièges qui menaçaient l'âme et comment parvenir aux Champs Élysées, le séjour des bienheureux. Il est donc tout désigné pour protéger une religion qui promet à ses adeptes l'immortalité s'ils acceptent d'être initiés et de garder le secret sur les rites. C'est ce qu'on appelle une religion à « mystères ».

de la flûte et dansent pour honorer le dieu Dionysos[1]. Elles entrent en transe et deviennent comme folles : elles se précipitent alors vers la maison devant laquelle leurs maris ont laissé leurs armes, interdites durant les mystères. Elles se saisissent des épées ou des lances et se mettent en embuscade. Quand les hommes sortent, elles se jettent sur eux et les massacrent. Elles s'acharnent particulièrement sur Orphée qu'elles déchiquettent et éparpillent les morceaux de son cadavre dans la campagne.

– Voilà ce qu'il en coûte de mépriser les femmes ! s'écrient-elles.

Elles jettent sa tête dans le fleuve. On raconte que, durant son supplice, Orphée n'a cessé de chanter et d'appeler Eurydice et que sa tête coupée roulant dans les eaux du fleuve chantait encore.

La tête et la lyre du poète ont été retrouvées sur l'île de Lesbos et recueillies par les Muses en pleurs. Elles les ont enterrées pieusement et l'on peut entendre encore parfois les mélodies de la lyre sortir du tombeau. On y entendait aussi des prédictions jusqu'à ce qu'Apollon, lassé d'une telle concurrence, ne fasse taire Orphée.

Lorsque les meurtrières ont voulu se purifier du meurtre en se baignant pour se laver du sang d'Orphée, le fleuve a refusé de se faire leur complice et a plongé sous terre pour réapparaître beaucoup plus loin. Les hommes, les animaux sauvages, tous voulaient les faire périr. Mais pour épargner la

---

[1] Dans les cérémonies en l'honneur de Dionysos se forment des cortèges où l'on danse et où l'on échange plaisanteries et injures. Les prêtresses de Dionysos que l'on appelle Ménades ou Bacchantes du nom de Bacchos (ou en latin, Bacchus), autre nom de Dionysos, sont saisies de délire et entrent en transe.

mort à ses adoratrices, Dionysos les changea en chênes : leurs orteils s'enfoncèrent dans le sol où ils se cramponnèrent et, quand par des mouvements désordonnés elles tentèrent de se délivrer, elles virent le bois monter le long de leurs chevilles, leur corps, leur poitrine, jusqu'à leurs doigts et les feuilles entourer leur corps. Et leurs derniers cris se perdirent dans le frémissement du vent.

L'ombre d'Orphée descendit sous terre. Elle parcourut, à la recherche d'Eurydice, les Champs Élysées, réservés aux âmes pieuses, et enfin put serrer dans ses bras sa chère épouse. Les dieux transportèrent sa lyre au ciel pour récompenser le premier de tous les poètes. Elle est devenue constellation.

Héraclès

Enfance   Zeus, amoureux de la belle Alcmène, veut lui donner un fils exceptionnel. Mais celle-ci demeure fidèle à son époux Amphitryon. Toutes les tentatives de séduction de Zeus n'y font rien, pas même une promesse d'immortalité. Mais voilà, Amphitryon a dû quitter Thèbes, où il vit avec sa femme, pour partir en guerre. Zeus profite de cette absence. Il se fera passer pour Amphitryon et pourra ainsi entrer dans le lit de la belle. C'est Hermès, le malin – n'est-il pas le dieu des marchands et des voleurs? – qui doit s'occuper des détails de la divine équipée.

Après la victoire, Amphitryon campe avec son armée non loin de Thèbes. Il pense être de retour le lendemain. Hermès prend alors l'apparence de Sosie, l'esclave d'Amphitryon, et annonce à Alcmène le retour de son mari le soir même. Mais sous les traits d'Amphitryon, c'est Zeus qui viendra. Pour que le dieu ait le temps d'engendrer un fils à sa mesure, Hermès demandera au soleil d'attendre pour lancer dans le ciel les quatre chevaux qui tirent son char et à la lune de ralentir sa course. C'est ainsi que la nuit que Zeus passe dans les bras de la belle mortelle dure trois fois plus longtemps qu'une nuit ordinaire. Puis il quitte son amante sous prétexte de retrouver ses soldats pour un retour triomphal à Thèbes.

Le matin suivant, quand le véritable Amphitryon arrive au logis, il est attristé de l'accueil peu enthousiaste de sa femme, elle si affectueuse d'habitude! Elle paraît bien fatiguée quand il la prend dans ses bras. Mais elle le laisse faire et lui aussi engendre un fils. Puis, rassasié d'amour, il veut lui conter ses exploits.

– Encore, lui rétorque-t-elle, j'en ai bien assez entendu cette nuit !

Connaissant la vertu de sa femme, Amphitryon ne dit rien mais, très inquiet, il va consulter le devin Tirésias qui lui apprend ce qui s'est passé. Sagement, Amphitryon en prend son parti car il sait que l'homme ne peut rien contre la volonté des dieux. Peu de temps après, Alcmène s'aperçoit qu'elle est enceinte. Zeus, ravi, annonce à tous les dieux :

– Écoutez-moi tous, dieux et déesses, je vais avoir un fils ! Il s'appellera Héraclès et régnera sur l'Argolide dont il est l'héritier par sa mère, la petite-fille de Persée.

Héra, l'épouse de Zeus, ne dit pas un mot. Ce n'est pas la première infidélité du roi des dieux et elle a appris à se taire. Mais elle se met à détester ce nouveau bâtard de Zeus et se jure de lui faire obstacle. Neuf mois plus tard, au moment prévu pour la naissance de l'enfant, elle rappelle à Zeus le destin qu'il a promis à son fils et lui demande de prononcer un serment sacré pour, dit-elle, assurer son avenir. Mais perfidement elle en change les termes :

– Jure sur le Styx que l'enfant de la race de Persée qui naîtra aujourd'hui régnera sur tous ses voisins.

Sans se méfier de sa coléreuse épouse, Zeus jure naïvement.

Aussitôt Héra se précipite à Mycènes pour hâter l'accouchement de la tante d'Alcmène, qui en est seulement au septième mois de sa grossesse. Ensuite elle se rend à Thèbes, s'accroupit devant la porte d'Alcmène et, les jambes croisées, elle fait des nœuds à ses vêtements puis serre les doigts. Par ces pratiques magiques, elle réussit à retarder l'accouchement. Héraclès naît une heure après son cousin Eurysthée.

C'est donc ce dernier qui régnera sur l'Argolide. Une colère sauvage s'empare de Zeus mais un serment est un serment et il ne peut reprendre sa parole. Il réussit quand même à obtenir d'Héra l'immortalité pour son fils, à condition que celui-ci réussisse à accomplir en moins de dix ans dix travaux qu'Eurysthée lui imposera – mais la déesse pense bien tout faire pour qu'il échoue.

Toutefois, pour avoir une chance d'être immortel, l'enfant doit être nourri par une déesse. Or seule Héra a du lait. C'est par ruse, pendant le sommeil d'Héra, qu'Hermès réussit à le faire allaiter par l'épouse de Zeus. On raconte que le vigoureux bébé téta avec tant de gloutonnerie qu'il fit mal à la déesse. Elle s'éveille, repousse violemment l'enfant, et la giclée de lait qui jaillit de son sein forme dans le ciel la Voie lactée.

Mais Héra ne se tient pas pour battue : Héraclès dort avec son jumeau Iphiclès, le fils d'Amphitryon. Alcmène a couché les deux bébés dans un grand bouclier de bronze. A minuit, les torches qui éclairent la chambre s'éteignent mystérieusement et deux serpents monstrueux se glissent dans la pièce pour étouffer les enfants, rampant silencieusement jusqu'au berceau, énormes, noirs rayés de bleu. Leurs yeux lancent des flammes et leur langue fourchue dégoutte de poison. Iphiclès, éveillé en sursaut, se met à pleurer : que peut faire d'autre un enfant d'un an ? Ses cris attirent son père qui, sans prendre le temps de s'habiller, saisit son épée pour se précipiter dans la chambre. Mais, quand il arrive, c'est pour trouver Héraclès en train d'étrangler un serpent dans chaque main. Tout réjoui, l'enfant jette les cadavres aux pieds d'Amphitryon.

Lorsqu'Héraclès grandit, il a les meilleurs maîtres et les dépasse rapidement en force et en adresse. Il n'est pas seulement doué pour les exercices physiques et militaires mais aussi pour la musique, la littérature, l'astronomie et la philosophie. Mais il est assez indiscipliné. Ainsi un jour, il tue un de ses professeurs d'un coup de lyre, parce que celui-ci prétendait le corriger. Pour ce crime, il est envoyé dans une ferme où il s'occupe des vaches. Cela lui permet d'acquérir une vigueur exceptionnelle : ainsi, à dix-huit ans, il tue un lion qui ravageait la campagne ; après une traque d'une journée, il l'assomme avec une massue taillée dans du bois d'olivier et est encore capable, la nuit venue, d'engendrer cinquante fils aux cinquante filles du roi de la région qui désirait des petits-enfants de sa lignée.

Quelques années plus tard, Héraclès épouse la fille de Créon, le roi de Thèbes. Il en a des enfants qu'il aime profondément et s'attache aussi beaucoup à son neveu Iolaos, un des fils d'Iphiclès. Tous vivent ensemble car les deux frères sont très proches. Mais le bonheur domestique n'est pas fait pour Héraclès. Héra, toujours jalouse et dépitée de ses exploits, le rend complètement fou. Dans une violente crise de démence, il prend ses fils et ses neveux pour des ennemis, les abat l'un après l'autre et les jette sur un bûcher. Seul Iolaos réussit à en réchapper. Revenu à la raison, Héraclès s'en va à Delphes où se tient l'oracle d'Apollon. Le dieu, s'exprimant par la bouche d'une prêtresse, la Pythie, lui commande de se mettre au service d'Eurysthée et d'accomplir tous les travaux que celui-ci lui imposera. Héraclès, vexé d'avoir à se mettre au service de ce cousin qu'il méprise, n'ose pourtant pas s'opposer à la volonté divine.

Il part donc. Tous les dieux rivalisent pour lui offrir des armes magnifiques. Poséidon lui donne deux rapides coursiers ; Hermès une épée, Apollon un arc et des flèches, Athéna une cuirasse d'or, Héphaïstos des jambières et un casque de métal solide et Zeus, son père, un bouclier étincelant. Mais l'arme favorite du héros reste sa massue de bois d'olivier.

Les travaux d'Héraclès

Le lion de Némée

– Débarrasse la région de Némée du lion qui y sème la terreur. C'est un véritable fléau !

Voilà la première épreuve qu'Eurysthée confie à son cousin. Ce lion monstrueux dépeuple toute la contrée en dévorant bêtes et gens. Certains se sont essayés à le combattre mais y ont trouvé la mort car sa peau ne peut être transpercée par aucune arme. C'est ce qu'Héraclès expérimente bientôt : après avoir débusqué l'animal, il lui lance une volée de flèches mais, bien qu'il utilise l'arc d'Apollon, elles rebondissent sur sa peau épaisse et retombent par terre. Le lion ne semble même pas en souffrir. Il se contente de se lécher comme s'il était attaqué par des moustiques. Héraclès, courageusement, s'approche pour le transpercer de son épée : la lame plie comme une vulgaire baguette de noisetier. Il ne reste au héros qu'à utiliser sa chère massue mais il ne rencontre pas plus de succès. Il a beau frapper un coup si prodigieux qu'il en brise sa massue, tout ce qu'il obtient, c'est que le lion secoue la tête comme si ses oreilles lui tintaient.

Mais le monstre commence à se fâcher et, contrairement à son habitude, Héraclès doit s'enfuir. « Puisque les armes ne servent à rien, utilisons la ruse », se dit-il. En habile chasseur, il piste le lion en prenant bien soin de rester sous le vent pour que l'animal ne flaire pas sa présence et réussit à découvrir son antre. Quand le fauve repart chasser, Héraclès s'aperçoit qu'il y a deux entrées. Il en bloque une avec un filet puis rabat l'animal vers la grotte. Sans peur, il entre et décide de combattre à mains nues. Il le prend à bras-le-corps et, sans craindre les griffes acérées, il l'attrape par le cou et l'étouffe entre ses bras puissants.

Tout le monde croyait le héros mort et on s'apprêtait à le pleurer quand il arriva avec le cadavre du lion sur le dos. On fait un sacrifice à Zeus, Héraclès se taille une nouvelle massue dans un tronc d'olivier puis, sans plus de cérémonie, se rend à Mycènes pour rapporter le trophée à son cousin. Celui-ci, affolé, se réfugie dans son palais, ordonne à son meilleur forgeron de lui fabriquer une jarre en bronze qu'il enterrera pour pouvoir s'y cacher et interdit définitivement à Héraclès d'entrer dans Mycènes. Écœuré de la lâcheté de son cousin, le héros repart avec son lion dont il souhaite récupérer la dépouille. Mais comment l'écorcher ? Ni les rasoirs ni les couteaux ne parviennent à en entamer la peau. Finalement Zeus lui envoie l'inspiration : « Qu'Héraclès se serve des griffes tranchantes de l'animal ! Il utilisera ainsi la peau pour s'en faire une armure et la tête comme casque. »

L'Hydre de Lerne Cette charmante bestiole est une sœur du lion de Némée. Sur son corps de chien, cinquante ou peut-être même cent têtes de serpent soufflent chacune une haleine empoisonnée. L'une de ces têtes est immortelle. Tuer la bête est le deuxième des travaux exigés par Eurysthée.

Elle se cache dans le marécage de Lerne, près d'une source, sous les racines d'un énorme platane. Il n'est pas facile de l'approcher dans cette zone de fondrière où la boue peut engloutir un homme et son char. De plus, même l'odeur qu'elle répand est mortelle. Iolaos, son neveu, accompagne Héraclès pour conduire son char et c'est Athéna qui guide l'attelage dans les marécages et qui souffle au héros le moyen de faire sortir la bête :

– Lance-lui des flèches enflammées. La fumée et le feu la chasseront de son repaire.

C'est ce que fait Héraclès. Puis, quand l'hydre montre ses hideuses têtes, il retient sa respiration et commence à les frapper de sa massue. Mais à peine en a-t-il écrasé une que deux ou trois repoussent à sa place. L'hydre furieuse s'enroule autour de ses pieds pour le faire tomber et un crabe géant sort de l'eau pour venir à sa rescousse en pinçant le talon d'Héraclès. Mais un coup de massue a vite raison de lui. Cependant Héraclès, presque débordé par la furie du monstre, appelle Iolaos à son secours :

– Vite, aide-moi ou nous sommes morts. Prends une torche et brûle le cou dès que j'ai arraché une tête. Peut-être ainsi n'en repoussera-t-il pas.

De cette façon les deux hommes réussissent à affaiblir le monstre et, en se servant d'une serpe d'or, Héraclès peut couper la dernière tête, celle qui lui donne l'immortalité. Il enterre cette tête vivante et encore sifflante, arrache les entrailles du monstre et y trempe les pointes de ses flèches pour les rendre mortelles. Cela fait, il ramène le corps de l'animal à Eurysthée. Mais celui-ci, caché dans sa jarre, rend sa sentence :

– Désolé, mais l'épreuve ne peut pas être validée car tu t'es fait aider.

La biche de Cérynie

L'épreuve suivante consiste à amener vivante à Mycènes une biche aux pieds d'airain consacrée à Artémis. Il n'est pas question de blesser un animal sacré, aussi Héraclès ne peut-il faire usage de sa force. Il doit donc se résigner à la poursuivre. Cette traque dure un an et mène Héraclès dans tout le monde connu jusque chez les Hyperboréens, un peuple qui vit très loin vers le nord. La biche ne semble jamais lasse et, quand le héros croit pouvoir s'en saisir, elle lui échappe comme par jeu.

Malgré tout, elle finit par être exténuée et, alors qu'elle s'arrête au sommet d'une montagne pour boire à une source, Héraclès bande son arc et décoche une flèche qui glisse entre l'os et le tendon de ses pattes avant. Il l'immobilise sans répandre une seule goutte de sang. Ainsi la déesse ne sera-t-elle pas offensée. Il ne reste plus à Héraclès qu'à charger la biche sur son dos puissant et la porter jusqu'à Mycènes.

Le sanglier d'Érymanthe

Pour une fois, Eurysthée n'eut pas besoin de se réfugier dans sa jarre. Après un sacrifice en remerciement à Artémis, il chercha quelque chose de plus difficile encore pour se débarrasser de son encombrant cousin et, peut-être inspiré par Héra, proposa :

– Un sanglier gigantesque dévaste la province d'Arcadie ; tu le captureras et tu le ramèneras vivant.

Et Héraclès part à la rencontre du monstre. Sur son chemin se trouve la caverne de son ami Pholos le Centaure. Bien que seulement à moitié homme et cheval pour le reste, Pholos sait recevoir. Il offre à Héraclès un festin de viande grillée et lui ouvre une amphore de vin vieux que Dionysos lui avait offerte quelques années plus tôt. Quant à lui, il préfère manger sa viande crue et boire du lait de chèvre selon l'habitude de sa race. Mais voilà que ses voisins, Centaures eux aussi, à l'odorat subtil, sentent le parfum du vin. Il ne leur en faut pas plus pour être complètement ivres et attaquer furieusement Héraclès et Pholos avec tout ce qui leur tombe sous la main : rochers, branches, outils, tisons enflammés... Pholos se cache, mais Héraclès fait face.

Il lance ses flèches empoisonnées mais Nuée, la grand-mère des Centaures, veille. Pour protéger ses petits-enfants, elle fait tomber une grosse averse qui détend l'arc d'Héraclès. Malgré tout, celui-ci vient à bout des Centaures. Il en tue quelques-uns et fait fuir les autres. Malheureusement le héros perd deux bons amis dans cette mêlée : d'abord le Centaure Chiron, qui avait été le précepteur de tant de dieux et de héros, le plus sage et le plus savant des Centaures. Il a été touché au genou par une flèche perdue. Comme il est immortel, sa vie n'est pas en danger mais il souffre le martyre et, malgré sa science de la médecine – c'est lui qui a tout appris à Asclépios[1] –, il ne réussira pas à trouver un antidote au poison. Incapable de soulager sa douleur, il ne la supportera plus et devra se résigner à demander à Zeus de le faire mourir.

La deuxième victime est Pholos, tué par malchance : en enterrant un de ses parents, il examine pensivement la flèche qu'il a retirée du corps.

– Comment en faisant une si petite égratignure peut-on venir à bout d'un être aussi coriace ?

Alors la flèche lui glisse des mains, lui griffe le pied et il meurt immédiatement. Héraclès le pleure, l'enterre et c'est plein de rage qu'il repart capturer le sanglier.

Pour l'attraper, le héros imagine un piège : il creuse une fosse dans une prairie où les traces de l'animal sont nombreuses. Il la remplit de neige fraîche pour la camoufler et, en poussant des hurlements sauvages et en agitant sa peau de lion, il fait sortir la bête du fourré où elle se terre. Il faut du courage pour accepter de se faire charger par un sanglier furieux, surtout un animal de cette taille, mais le courage n'est-il pas la qualité première d'Héraclès ? Quand il a réussi à le rabattre vers la fosse, il l'y fait tomber et lui saute sur le dos, évitant de peu les redoutables défenses. Il réussit à l'attacher avec des chaînes et à le traîner jusqu'à Mycènes. Mais là il apprend que Jason mène une expédition pour rechercher la Toison d'or. Héraclès ne fait ni une ni deux, il plante là le

---

[1] Asclépios est le fils du dieu Apollon et d'une mortelle. Il avait appris la médecine du centaure Chiron et était même capable de ressusciter les morts. Pour cette raison, parce qu'il troublait l'ordre du monde, le cosmos, Zeus le foudroya.

sanglier et part retrouver les Argonautes. On imagine la terreur d'Eurysthée avec un sanglier furieux lâché sur la grand-place de sa ville !

Les écuries d'Augias

Quand Héraclès revint de l'expédition, on imagine la colère de son cousin qui avait dû trouver un moyen de se débarrasser de l'encombrant sanglier. Il se vengea en choisissant le travail le plus dégoûtant qu'il put trouver.

– Tu connais Augias, dit-il à Héraclès.

– Le fils d'Hélios, le dieu-Soleil ? Qui ne le connaît pas ? C'est l'homme le plus riche du monde.

– En bétail ! Seulement en bétail, répond Eurysthée vexé, et encore, parce que Poséidon veille sur ses taureaux et ses vaches.

– Serais-tu jaloux, mon cher cousin ? Il me semble que toi aussi tu as joui de la faveur d'une déesse et pas des moindres : Héra en personne. C'est bien grâce à son intervention lors de ta naissance que tu règnes à ma place.

– Il ne s'agit pas de cela. Va nettoyer ses écuries. Il y a tellement de fumier que tout le Péloponnèse en est infecté. Tu devras agir sans aide et en un seul jour.

Il riait tout seul à l'idée d'un héros comme Héraclès en train de coltiner des sacs de bouse et de crottin.

Héraclès ne fut pas découragé par l'ampleur du travail. Arrivé chez Augias, il commence par négocier son salaire. Les deux hommes se mettent d'accord. Héraclès recevra un dixième du troupeau si les écuries sont propres avant le lendemain soir. Mais il devra aussi nettoyer les pâturages qui sont ensevelis sous le fumier au point que l'herbe n'y pousse plus. Augias pense bien ne jamais honorer son contrat et se frotte les mains. Il est certain qu'Héraclès ne mènera à bien qu'une partie du travail, et que la main-d'œuvre sera gratuite. Il a bien un instant d'inquiétude quand il voit le héros, chargé par un taureau furieux, le renverser en l'attrapant par une seule corne. Mais il se rassure en se disant que cela n'a rien à voir.

Et pourtant! Héraclès commence par creuser deux brèches dans le mur des écuries. Puis il lui suffit de détourner le cours des deux fleuves voisins. Leurs eaux se précipitent dans les écuries, les lavent et ressortent de l'autre côté, nettoyant les pâturages sur leur passage. C'est ingénieux et efficace.

Mais Augias refusa de le payer et nia même, malgré les témoins, avoir conclu un accord avec Héraclès. Et le comble pour le héros, c'est qu'Eurysthée refusa cette épreuve sous prétexte que ce n'était pas son cousin mais les dieux-Fleuves qui avaient fait le travail. Héraclès ne pouvait rien contre lui. Il se promit, en revanche, de revenir plus tard régler ses comptes avec Augias.

Les oiseaux du lac Stymphale

Une énorme bande de grues s'était abattue sur le lac Stymphale. Mais ce n'étaient pas des grues ordinaires : leur bec, leurs ailes, leurs pattes étaient de bronze et elles n'hésitaient pas à s'attaquer à l'homme et au bétail. Elles assommaient leurs proies en secouant leurs plumes de bronze. Tombant du ciel, les plumes tuaient aussi bien que des flèches. Puis les oiseaux n'avaient plus qu'à déchiqueter leurs victimes d'un bec acéré qui pouvait même percer une armure. Les grues étaient si nombreuses qu'on ne pouvait s'en défaire et leur fiente empoisonnait toutes les cultures alentour.

C'est bien sûr Héraclès qui doit se charger de les exterminer. Mais comment faire ? Elles sont trop loin de la terre ferme, et trop nombreuses pour qu'il puisse en venir à bout avec ses flèches. Il ne peut se risquer à pied dans ce marécage, car il s'y engloutirait. Mais il ne réussirait pas non plus à faire naviguer une barque dans la boue trop épaisse. Il doit réussir à attirer les oiseaux ailleurs.

Athéna lui vient en aide : elle lui donne une crécelle de bronze. En faisant tourner très vite cet instrument, on produit un bruit infernal, et c'est ainsi qu'Héraclès réussit à effrayer les oiseaux qui s'envolent en masse. Pour mieux les chasser, il s'était installé sur une colline. Il en tua beaucoup avec son arc et les survivants eurent si peur qu'ils s'enfuirent loin sur la mer.

Le taureau de Crète

Un taureau ravageait alors la Crète. Était-ce celui que Poséidon avait envoyé à Minos et qui avait engendré le Minotaure, ou celui qui avait emporté la nymphe Europe ? On ne le sait pas. Mais ce taureau était indomptable. Minos avait bien envoyé des bataillons entiers le combattre mais, comme il jetait des flammes par les naseaux, beaucoup avaient péri et personne n'osait plus l'approcher. Minos demanda donc de l'aide et, bien évidemment, Eurysthée pensa à Héraclès pour ce travail.

Minos proposa au héros tout le soutien dont il aurait besoin. Mais Héraclès, instruit par ses aventures précédentes, ne voulait plus risquer que son cousin lui refuse le bénéfice de cet exploit ; et il ne lui déplaisait pas de réussir seul là où de nombreux guerriers avaient échoué.

– Merci de ta proposition, puissant roi Minos, mais je préfère agir seul.

Après réflexion, Héraclès décide de vaincre à mains nues. Il avance vers l'animal et, évitant son souffle de feu par une habile torsion du corps, il le saisit par les cornes et le couche sur le sol. L'animal tente de se relever mais Héraclès, de toute la force de ses bras puissants, le tient plaqué au sol. Après un dur combat, il le maîtrise, l'attache et le ramène à Mycènes où, on s'en doute, Eurysthée le reçoit caché dans sa jarre. Le roi décide de consacrer l'animal à Héra, mais la colère de la déesse est toujours aussi forte et elle n'apprécie pas un présent qui glorifie ainsi le fils d'une rivale. Elle s'en débarrasse donc en l'envoyant à Marathon où le roi Thésée devra plus tard le dompter.

Les juments de Diomède

Il reste à trouver cinq travaux pour Héraclès mais Eurysthée n'a que l'embarras du choix. Dans le royaume de Thrace, au nord de la Grèce, vit Diomède, un roi très cruel. Il élève quatre juments qu'il nourrit de chair humaine. Elles sont tellement fougueuses qu'il est obligé de les attacher avec des chaînes de fer et c'est dans des mangeoires de bronze qu'il leur donne à manger ; quant aux repas qu'il leur sert... c'est bien souvent la chair de ses invités. Héraclès devra capturer ces juments.

Arrivé chez Diomède, Héraclès se rend directement aux écuries dont il se rend maître très rapidement. A l'aide de quelques amis qu'il avait emmenés avec lui, il mène les juments vers la mer où un navire l'attend. Mais Diomède et ses hommes, alertés, les poursuivent. Héraclès laisse les juments à la garde de son ami Abdéros et retourne combattre les Thraces. Il est temps qu'il arrive car ses partisans vont succomber sous le nombre. Héraclès, qui est aussi rusé que fort, creuse en hâte un canal de la mer jusqu'à l'armée ennemie. Très vite l'eau monte dans les basses terres et les Thraces ne peuvent que fuir, abandonnant leur roi face à Héraclès. Diomède n'est pas un lâche, c'est le digne fils d'Arès, le dieu de la Guerre! Mais face à Héraclès, il n'est pas de taille et le héros l'assomme puis le traîne jusqu'à ses juments qui le dévorent aussitôt sans reconnaître leur maître. Rassasiées, elles sont beaucoup plus dociles, d'autant qu'elles avaient réussi à dévorer le pauvre Abdéros commis à leur garde. Héraclès les fait monter sans peine dans son vaisseau. Certains disent même qu'il a réussi à les atteler à un char et à revenir ainsi à Mycènes, après avoir pris le temps de célébrer des jeux funèbres en l'honneur de son ami et de fonder une cité qui porterait son nom : Abdère.

Ces inquiétantes juments, Eurysthée ne les garde pas à Mycènes. Il s'en débarrasse en les faisant conduire jusqu'au mont Olympe où les dieux pourront les dompter.

La ceinture d'Hippolyté

La fille d'Eurysthée désirait ardemment porter la ceinture d'or de la reine des Amazones, Hippolyté. Or cette ceinture lui avait été donnée par son père, le dieu Arès, et était le symbole de son pouvoir. Elle ne s'en séparerait pas facilement. Héraclès dut donc aller la lui chercher.

Filles d'Arès, les Amazones avaient hérité de leur père leur caractère batailleur. Elles vivaient près de la mer Noire, exerçaient elles-mêmes le gouvernement et se plaisaient à faire la guerre. Elles refusaient la domination des hommes et se gouvernaient seules, réparties en trois tribus avec chacune une reine à leur tête. Elles ne rencontraient de mâles que pour avoir des enfants, et, si un fils leur naissait, elles lui brisaient les jambes ou les bras afin de l'empêcher de développer ses talents guerriers et le confiner aux activités domestiques. Elles étaient redoutées quand elles combattaient, à cheval, armées d'un arc de bronze et d'un petit bouclier. D'ailleurs, quand Héraclès se rendit chez elles, elles revenaient juste d'une expédition à Troie et regagnaient leurs cités, victorieuses et chargées de butin.

Pour les trouver, Héraclès remonta en bateau jusqu'aux côtes de la mer Noire et jeta l'ancre dans un port où Hippolyté vint lui rendre visite. Elle ne fut pas insensible au charme viril de ce courageux guerrier et, contrairement à sa réputation, elle se laissa séduire et lui offrit même sa ceinture d'or en gage d'amour.

Tout se serait donc passé pour le mieux si Héra, toujours en fureur contre le bâtard de Zeus, n'avait pas pris l'apparence d'une Amazone et n'avait couru partout en criant :

– Au secours ! Venez vite, toutes ! Hippolyté, notre reine, va être enlevée. Héraclès l'emmène sur son bateau. Vite ! Aux armes ! Sauvons notre reine !

Aussitôt c'est le branle-bas de combat. On crie, on saisit son arc, son carquois. Chacune enfourche sa monture pour défendre sa reine et se précipite vers le mouillage du navire. Héraclès croit à une trahison, attrape la reine par les cheveux et la tue, sans oublier de lui prendre sa ceinture. Puis il met les Amazones en déroute en abattant leurs chefs.

Il peut alors naviguer vers la Grèce, ce qui ne se passe pas sans combats et aventures, et remettre la ceinture à son cousin qui s'empresse de lui trouver une nouvelle épreuve.

Le troupeau de Géryon

Il s'agit maintenant, pour Héraclès, de voler un troupeau de bœufs magnifiques sur une île située sur l'océan au large de l'Espagne, et de le ramener à Mycènes.

– Attention! déclare Eurysthée, tu devras agir sans aide. Et ne cherche pas non plus à t'en tirer en achetant les bœufs. Tu te battras seul et tu t'en iras sans rien payer.

Mais Héraclès n'est pas impressionné et part sans crainte pour ce nouveau labeur, même si Géryon, le propriétaire du troupeau, passe pour l'homme le plus fort du monde.

Pour se rendre en Espagne, Héraclès traverse l'Europe où l'on ne cesse de se féliciter de son passage car il débarrasse le continent de nombreuses bêtes sauvages. Arrivé au détroit qui la sépare de l'Afrique, il pense à le rétrécir pour interdire aux requins l'entrée de la Méditerranée et élève deux colonnes de part et d'autre du détroit. Ce sont les fameuses colonnes d'Hercule[1] qui marquent la fin du monde connu. Pendant son dur travail de terrassement, le soleil frappe fort. Héraclès s'en irrite et lui décoche une flèche.

– Cela suffit!, crie le dieu en colère, et Héraclès comprend son erreur. On ne s'en prend pas à un dieu; il s'excuse. Le soleil, flatté de cette politesse lui propose:

– Puisque tu dois te risquer sur l'océan pour aller chez Géryon, prends donc ma coupe d'or, elle te permettra de traverser.

---

[1] Hercule est le nom latin d'Héraclès.

C'était une coupe immense, en forme de nénuphar! Héraclès remercia le dieu et s'embarqua pour l'île, sa peau de lion lui servant de voile. Mais le Titan Océan n'était pas très satisfait de subir sur ses eaux la présence d'un héros qui venait défier son petit-fils, Géryon. Il provoqua donc des vagues pour tenter de le noyer. Héraclès reprit son arc et il lui suffit de menacer le Titan pour qu'il prenne peur et se calme. Telle était déjà la réputation du fils de Zeus!

Aussitôt arrivé, il se met à la recherche du troupeau. Il marche vers une montagne sur laquelle il voit paître des bœufs. Le bouvier de Géryon, un fils d'Arès – pas n'importe qui! – se précipite vers lui mais Héraclès l'abat au passage d'un coup de massue. Il réserve le même sort à Orthos, le chien à deux têtes qui garde le troupeau. Et pourtant le monstre se précipitait vers lui en aboyant, en écumant et en montrant les crocs de ses deux gueules menaçantes.

On prévient Géryon qui, sûr de sa force, vient aussitôt défier le voleur en combat singulier. Géryon est impressionnant : sur deux jambes solides, trois torses puissants réunis par le ventre, trois têtes, six bras… Une arme différente dans chaque main, il tourne autour d'Héraclès et se demande par où l'attaquer. Mais le héros ne lui laisse pas le temps de l'approcher et, au moment où son adversaire se présente de côté, d'une seule flèche bien ajustée, il transperce les trois torses et Géryon s'écroule, mort. De son sang naîtra l'arbousier, un arbre dont les fruits à la chair rouge ressemblent à des cerises. Héra, toujours aussi rancunière, qui avait tenté de s'interposer reçoit une flèche dans le sein et s'enfuit. Rien n'arrête plus Héraclès!

On ignore par quel chemin Héraclès revint en Grèce. Chaque peuple se flatte de son passage et on lui attribue beaucoup de progrès. Selon les Gaulois, c'est lui qui a aboli l'ancienne coutume de tuer des étrangers et qui a fondé Alésia. Les Romains disent qu'il est passé près du Tibre, avant la fondation de Rome et qu'il a tué Cacus, un géant hideux doté de trois têtes qui crachaient des flammes, et qui se nourrissait de chair humaine. Il habitait dans une caverne sur les parois de laquelle il s'amusait à clouer les membres et la tête de ses victimes tandis que leurs os bien rongés lui servaient de tapis. Il aurait eu le malheur de voler deux bœufs à Héraclès et, rusé, les aurait forcés à marcher à reculons jusqu'à son antre pour que leur propriétaire ne puisse suivre leurs traces. Mais Héraclès, averti par un beuglement, les aurait retrouvés et, bien que l'issue de la caverne ait été bloquée par un amas de rochers, aurait délogé ces pierres – un jeu d'enfant pour lui – et, pour éteindre le souffle enflammé de Cacus, l'aurait bourré de coups de poing au point de lui arracher la peau du visage.

Les Romains, toujours en quête d'ancêtres prestigieux, prétendent aussi qu'il a engendré Latinus, le père des Latins, qu'il a fondé Pompéi et Herculanum. En outre, il aurait construit une route, des temples, creusé un lac... et accompli toutes sortes d'exploits dont il était d'ailleurs tout à fait capable. Quant aux Scythes, ils sont persuadés que par une étreinte avec une femme serpent il a engendré trois fils parmi lesquels le premier roi scythe.

Les dix épreuves que l'oracle lui avait imposées, Héraclès les avait réussies en moins de dix ans : huit ans et un mois très exactement. Mais on se rappelle qu'Eurysthée en avait refusé deux. Il renvoya donc son cousin au loin.

Les pommes d'or des Hespérides

La Terre Mère, la mère de tous les dieux, avait donné à Héra un pommier qui produisait des pommes d'or. Héra, ravie, l'avait planté dans son jardin, sur le mont Atlas. Le jardin était gardé par le géant Atlas. Avant que les dieux ne le condamnent à porter le monde sur ses épaules, il avait construit un haut mur de pierre pour entourer le jardin et pourtant les pommes disparaissaient. Héra fit le guet et s'aperçut que c'étaient les filles d'Atlas qui les volaient. Elle amena donc pour garder son arbre un dragon qui s'enroula autour du tronc. Il fut alors impossible d'approcher les fruits. Et c'étaient précisément ces pommes d'or que devait rapporter Héraclès.

Le héros ignorait où se trouvait le fameux jardin des Hespérides. Et personne ne pouvait le renseigner. Il arpenta donc toute l'Europe à sa recherche. En traversant le Pô, il rencontra des nymphes qui lui conseillèrent d'aller trouver le dieu Nérée. C'était un très vieux dieu marin, qui avait la fâcheuse spécialité de se métamorphoser à volonté, spécialement quand on lui posait des questions qui le dérangeaient. Héraclès le saisit pendant son sommeil et, sans se soucier de ses multiples transformations, ne le lâcha plus jusqu'à ce que le dieu, épuisé, finisse par lui donner une réponse :

– Dirige-toi vers l'Occident, et passe en Afrique, en Maurétanie. Là tu trouveras Atlas qui porte le monde sur ses épaules. Ne cherche pas à t'emparer des pommes toi-même, laisse faire Atlas. Il sera trop heureux d'aller lui-même te les chercher si tu lui proposes de le soulager quelques instants de son fardeau.

Héraclès suivit les conseils de Nérée. Atlas en effet fut heureux de se débarrasser du poids de la Terre, mais il avait peur du dragon.

– Ne t'inquiète pas, dit Héraclès, je m'en occupe.

Et une seule flèche, tirée par-dessus le mur du jardin, résolut le problème. Mais le meurtre de son dragon favori n'allait pas arranger les relations entre Héra et celui qu'elle poursuivait de sa haine. Héraclès se baissa pour prendre le monde sur ses épaules et Atlas alla lui chercher les pommes. A son retour, grisé par sa liberté retrouvée, il proposa :

– Porte encore un peu ce globe, je vais donner moi-même les pommes à Eurysthée.

– D'accord, répondit Héraclès que Nérée avait prévenu de se méfier, mais je n'ai pas ta force et le monde pèse trop sur ma nuque. Je vais glisser un coussin sur mes épaules, reprends-moi la charge un instant.

Le trop naïf Atlas accepta et Héraclès s'enfuit avec les pommes.

Pour retourner à Mycènes, le héros passa par la Libye, dont le roi, Antée, fils de Poséidon et de la Terre Mère, avait eu la fâcheuse idée de construire un temple à son père à l'aide des crânes des voyageurs qu'il tuait. C'était un géant, il ne se nourrissait que de chair de lion et semblait invincible. Un combat avec Héraclès était inévitable. Les deux athlètes choisirent le corps à corps mais l'issue fut longtemps incertaine. Héraclès luttait avec plus d'habileté que son adversaire mais il s'aperçut que, dès qu'il le jetait à terre, l'autre se relevait aussitôt plein d'énergie. Et même parfois, au grand étonnement du fils de Zeus, Antée se jetait tout seul sur le sol. En effet, la Terre, sa mère, lui redonnait des forces à chaque contact et c'est ce qui le rendait imbattable. Quand Héraclès le comprit, il dut faire appel à toutes ses ressources. Il prit Antée à bras-le-corps, le souleva et l'étouffa lentement entre ses bras. Le géant ne se laissait pas faire, il se débattait, il tentait d'échapper à l'étreinte de son adversaire pour toucher le sol du pied mais, enfin, on entendit un craquement d'os. La Terre gémit sur la mort de son fils préféré.

Héraclès revint par l'Égypte, fonda une ville qu'il appela Thèbes en souvenir de sa ville natale, poussa jusqu'au Caucase où il put délivrer Prométhée que les dieux avaient enchaîné là, le foie dévoré par un aigle, pour le punir d'avoir dérobé le feu et de l'avoir donné aux hommes, et revint enfin auprès de son cousin qui fit rendre à Héra les pommes, objets de cette quête.

La capture de Cerbère

Comme c'était son ultime chance de se débarrasser d'Héraclès, Eurysthée lui concocta une dernière épreuve qu'il espérait impossible : capturer Cerbère, le gardien des Enfers. Cerbère ne laissait entrer aucun être vivant dans le séjour des morts. Seuls trois hommes avaient réussi à le tromper : Orphée, Thésée et Pirithoos. Mais les deux derniers étaient prisonniers d'Hadès, le dieu qu'on surnommait Ploutos – le riche – parce que son domaine comptait de plus en plus d'ombres et qu'il n'en rendait jamais aux vivants.

Après s'être purifié, Héraclès, guidé par Athéna, se rendit jusqu'à une des bouches des Enfers et commença sa descente. Il réussit à terroriser le passeur Charon qui, malgré l'interdiction, lui fit traverser le Styx dans sa barque. Il découvrit Thésée et Pirithoos enchaînés à une chaise. Il réussit à délivrer Thésée mais lui seul. Il croisa Méduse, qui, d'un regard, transformait les hommes en statues de pierre, tira son épée contre elle mais comprit vite que, devenue ombre, elle ne pouvait rien contre lui. Hadès et son épouse l'accueillirent plutôt aimablement. A la requête d'Héraclès, Hadès répondit :

– Emmène-le, si tu peux… à condition de le maîtriser à mains nues.

Cela semblait impossible car le chien avait trois têtes, toutes surmontées d'un serpent. Sa bave était empoisonnée et il utilisait sa queue, bardée de fer, comme le dard d'un scorpion.

Héraclès s'approche de l'animal, enchaîné près du fleuve Achéron, il s'enveloppe étroitement de sa peau de lion et attrape Cerbère par ses trois cous. Les serpents dardent leur langue en sifflant, les trois gueules aux six rangées de crocs empoisonnés s'ouvrent pour mordre, la queue frappe, mais la peau du lion de Némée résiste à tous ces assauts. Héraclès ne relâche pas sa prise et Cerbère s'étouffe. Le héros a triomphé, il peut ramener la bête, ce qui ne se passe pas sans mal, on s'en doute. Il la traîne, il la porte ; le chien aboie, écume, et de sa bave empoisonnée naît l'aconit, une des plantes les plus vénéneuses du monde.

Quand il revint avec le chien, Eurysthée était en train de célébrer un sacrifice. En répartissant les morceaux de viande, il ne donna à Héraclès qu'un bas morceau, un de ceux qu'on réserve aux esclaves et non à un membre d'une famille royale. Humilié une fois de plus, Héraclès ne put ravaler sa rage et, pour se venger, tua trois des fils de son cousin.

Des expéditions et des femmes

Iolé Quand il eut terminé ses travaux, Héraclès revint près de sa femme, Mégara. Mais comme il n'avait pas été heureux avec elle, il la répudia, la donna en mariage à son neveu et décida d'épouser une femme plus jeune. Or un roi de ses amis avait promis sa fille Iolé en mariage à qui le vaincrait dans un concours de tir à l'arc. Héraclès fut facilement vainqueur, mais le roi refusa d'honorer sa promesse prétextant que le héros avait répudié sa femme et qu'il n'était que l'esclave d'Eurysthée. Il l'accusa également de n'avoir gagné ce concours qu'en se servant de flèches magiques et le chassa. Héraclès jura de se venger et, bien sûr, quand douze mules et douze juments disparurent de ses prés, le roi fut persuadé qu'Héraclès les avait volées.

Il envoya son fils pour les récupérer mais Héraclès, vexé d'avoir été soupçonné, tua le jeune homme bien qu'il fût son hôte et que sa vie, par conséquent, fût considérée comme sacrée.

Omphale Un tel crime ne pouvait rester impuni et l'oracle de Delphes proposa comme purification à Héraclès de se vendre comme esclave pendant une année et de donner la somme aux enfants de sa victime, comme prix du sang. C'est la reine de Lydie, Omphale, qui l'acheta pour débarrasser le pays de ses brigands, une des spécialités d'Héraclès. Mais bientôt, séduite par sa force virile, elle fit de lui son amant. Il se promenait souvent à ses côtés et, plutôt que de ses armes, il se chargeait du parasol doré de la reine. Et le bruit courut en Grèce qu'on pouvait voir le fier guerrier, ayant troqué sa peau de lion et sa massue pour des vêtements de soie et un fuseau, filer la laine aux pieds de la reine parmi ses femmes et que, même, il lui serait arrivé de recevoir des coups de pantoufle lorsque ses doigts malhabiles abîmaient son ouvrage. Quoi qu'il en soit, personne ne se risqua à se moquer de lui ouvertement, on savait trop ce qu'on risquait lorsque le fils de Zeus se mettait en colère.

Hésioné A son retour de Lydie, Héraclès se lança immédiatement dans une expédition punitive contre Troie, et voici pourquoi : quelques années auparavant, en revenant du pays des Amazones, Héraclès avait été surpris de trouver Hésioné, la fille du roi de Troie, attachée sur un rocher au bord de la mer, n'ayant pour tout vêtement que ses bijoux.

Désespérée, elle attendait là d'être livrée à un monstre marin envoyé par Poséidon pour punir son père. Elle se plaignit à Héraclès :

– Pour construire les murailles de Troie, mon père avait besoin d'aide. Le puissant dieu Poséidon se proposa en échange du bétail qui naîtrait cette année-là. Apollon offrit sa contribution comme berger des troupeaux de mon père. Celui-ci accepta leur aide mais, une fois le travail fait – et bien fait –, il eut, hélas pour moi, la mauvaise idée de leur refuser leur salaire.

– Ce n'était pas très malin, convint Héraclès, et bien sûr, les dieux n'ont pas manqué de se venger !

– Sans attendre ! Apollon a envoyé une épidémie et Poséidon un monstre marin pour dévorer les survivants.

– Mais alors, pourquoi es-tu là, seule sur ce rivage ?

– Grands dieux, soupira-t-elle, l'oracle de Zeus a proposé comme expiation que mon père sacrifie sa propre fille. Il a bien essayé d'en envoyer d'autres à ma place mais les Troyens se sont rebellés. Après tout, mon père est le seul responsable de cette catastrophe !

Héraclès, attendri, brise ses chaînes et la reconduit au palais. Il offre de tuer le monstre si le roi lui donne en échange deux juments blanches de grande valeur. Immortelles, elles galopent si légèrement qu'elles peuvent parcourir la surface des mers et traverser des champs de blé sans abîmer les moissons. Ravi de retrouver sa fille saine et sauve, le roi promet tout ce que veut le héros. Ce dernier demande aux serviteurs du palais de l'aider à monter un mur de pierre sur le rivage pour se protéger du monstre et, armé de pied en cap, l'attend de pied ferme. Le monstre surgit de l'eau et se précipite vers le mur, ouvrant son énorme gueule pour le détruire. Héraclès pénètre alors tout armé dans sa gorge et disparaît pendant trois jours dans le ventre de la bête. Comment en vint-il à bout ? On l'ignore, mais le combat fut si violent qu'il en perdit tous ses cheveux.

Confiant, le vainqueur revint chercher sa récompense. Mais c'était oublier l'avarice et la mauvaise foi du roi : il échangea les fameuses juments contre d'autres plus ordinaires. Héraclès s'en alla fort en colère, promettant que sa vengeance serait terrible et c'est pourquoi il revenait, ses épreuves terminées, avec de nombreux bateaux de guerre.

Héraclès ne voulut pas assiéger trop longtemps la ville. Tandis que le roi de Troie envoyait ses hommes pour tenter d'incendier la flotte grecque, il se lança aussitôt à l'assaut des murailles de la ville. Cette audace lui réussit : Troie tomba tout de suite. Il abattit le roi et ses fils, excepté le plus jeune dont Hésioné prit la défense. Ce dernier allait devenir le roi Priam qui devrait subir un autre siège, bien plus tard, lors de la guerre que les Grecs mèneraient pour Hélène[1]. Héraclès donna Hésioné en mariage à l'un de ses amis et reprit la mer, chargé de butin

Héra tenta bien de l'empêcher d'atteindre la Grèce en faisant souffler en tempête Borée, le vent du nord, mais cette nouvelle tentative de son acariâtre épouse mit Zeus dans une telle fureur qu'il s'attaqua à tous les dieux de l'Olympe sans distinction et aurait noyé Héra si elle n'avait pas été immortelle !

Puis Héraclès participa à la guerre des dieux contre les géants, mena différentes expéditions dans le Péloponnèse, contre Augias qui l'avait grugé et dont il tenait à se venger, contre la ville de Pylos dont le roi avait tenté de lui voler quelques-uns des bœufs de Géryon. A ce dernier combat, les dieux auraient pris part et Héraclès aurait même blessé Héra d'une flèche et Arès d'un coup de lance. Ensuite il s'attaqua, avec succès, au roi de Sparte et à ses vingt fils.

Déjanire Héraclès poursuivait sa quête d'une femme. Il arriva en Étolie où demeurait Déjanire. Cette jeune fille avait de nombreux prétendants mais, voyant arriver Héraclès, tous se retirèrent sauf le plus

---

[1] L'histoire du roi Priam, d'Hélène et de la guerre de Troie est racontée par Homère dans *L'Iliade*.

noble d'entre eux, le dieu-Fleuve Achélôos. Pour Déjanire, c'était un prétendant inquiétant. Certes il était immortel mais il n'apparaissait que sous la forme d'un taureau, d'un serpent tacheté ou d'un homme à tête de taureau. Sa barbe était toujours ruisselante d'eau et sa compagnie faisait froid dans le dos à la jeune fille. Elle lui préférait sans aucun doute Héraclès!

Quand le fils de Zeus vient faire sa demande, Achélôos se moque de lui ouvertement:

– Quoi! Fils de Zeus? Moi aussi je suis un dieu. On me doit des sacrifices car je suis le père de toutes les rivières de Grèce. Fils de Zeus! Ou tu es un menteur ou ta mère est une p…

Mais il ne peut aller plus loin dans les insultes.

– Pas un mot de plus! On ne parle pas ainsi de ma mère. Viens te battre si tu es si fier de toi.

Les deux adversaires en viennent aussitôt aux mains. Héraclès réussit à lui faire toucher terre mais le fleuve se transforme immédiatement en serpent et se tortille pour échapper à la prise.

– Tu oublies que, dès mon berceau, j'étouffais des serpents! ricane Héraclès.

Il s'apprête à resserrer ses mains autour du corps de l'autre mais le dieu se transforme en taureau écumant. Il gratte le sol de sa patte avant et se jette sur le héros pour l'encorner. Mais là encore, Héraclès en avait vu d'autres! Sans bouger d'un pied, il saisit l'animal par les cornes et le jette à terre, réussissant même à lui casser une corne. Achélôos, vexé et confus, se retire pour cacher sa honte. Et c'est ainsi qu'Héraclès épousa la belle Déjanire.

Trois ans plus tard, alors qu'Héraclès était invité avec elle chez un ami, le fils de son hôte lui avait maladroitement renversé de l'eau sur les jambes. En retour, Héraclès lui avait tiré les oreilles, un peu trop vigoureusement sans doute car l'enfant était mort. Héraclès, victime de sa force et de sa mauvaise humeur, choisit de s'exiler. Il part à pied avec sa femme et ils sont arrêtés par un fleuve en crue. Mais heureusement il y a un passeur ; c'est le Centaure Nessos. Il propose à Héraclès de le faire traverser le premier sur son dos puis revient chercher Déjanire mais, séduit par sa belle passagère, au lieu de lui faire traverser le fleuve, il court en sens inverse et tente de la violer. Elle appelle son mari au secours et celui-ci, de l'autre rive, réussit à abattre le Centaure d'une de ses flèches empoisonnées.

Pendant qu'Héraclès refait la traversée à la nage, le Centaure mourant décide d'utiliser la candide épouse pour se venger de son assassin.

– Je vais mourir, soupire-t-il, et je l'ai bien mérité. Je suis désolé de t'avoir fait peur mais tu sais bien que nous, les Centaures, nous ne sommes que des brutes. Viens plus près ! Pour me faire pardonner, je vais te dire un secret : recueille un peu de mon sang, là, près de ma blessure, tu le mélangeras avec de l'huile d'olive et, si jamais ton mari t'est infidèle, frotte en cachette sa tunique avec ce mélange et il ne te trompera plus.

La confiante Déjanire fit ce qu'il disait et emporta soigneusement le sang dans un petit pot. Quand Héraclès arriva, tout était fini, Nessos était mort et son corps commençait déjà à pourrir, exhalant une odeur infecte.

La tunique de Nessos[1]

Déjanire donna quatre enfants à Héraclès mais cela n'arrêta pas ses infidélités. Au cours de ses expéditions dans le Péloponnèse et dans toute la Grèce, les occasions étaient nombreuses de séduire les jeunes filles ou de les enlever. Et pour l'épouse bafouée, la coupe déborda quand Héraclès partit reconquérir la jeune Iolé. Il réussit à vaincre le roi, son père, le massacra ainsi que tous les frères de la jeune fille. Celle-ci, pour échapper à l'assassin de sa famille, préféra se jeter du haut des murailles de la ville, mais sa jupe se gonfla au vent, ralentit sa chute et, à son grand désespoir, elle ne se fit aucun mal.

Sans se poser de question, Héraclès l'envoya auprès de son épouse ainsi que d'autres captives dont il voulait faire des esclaves. Déjanire décide alors d'essayer le prétendu remède de Nessos. Comme Héraclès doit s'habiller de neuf pour faire un sacrifice aux dieux, elle lui prépare une tunique neuve en suivant soigneusement les instructions du Centaure et la lui envoie, bien pliée dans un coffret de cèdre. Pleine d'espoir, elle regarde partir son serviteur puis elle se retourne pour rentrer et aperçoit par terre le chiffon qui lui a servi à frotter la tunique avec le sang : il est resté par terre au soleil et se consume en bouillonnant. Déjanire est frappée de terreur ; elle comprend que Nessos l'a trompée et envoie un courrier récupérer le coffret. Mais il est trop tard. Quand il arrive, Héraclès a déjà revêtu la tunique. A cette nouvelle, Déjanire se suicide.

---

[1] En latin, Nessos se disait Nessus. L'expression « tunique du Nessus » est restée en français avec le mot latin et signifie « présent funeste ».

La chaleur du soleil a réchauffé le poison qui commence à circuler dans le sang du héros. Il souffre horriblement, comme si mille serpents le mordaient. Il hurle, renverse les autels, se roule dans la poussière. Il maudit sa femme, persuadé que c'est elle qui a voulu le tuer. Il court partout en poussant des rugissements, déracine les arbres sur son passage. Il espère calmer ses brûlures par la douceur de l'eau, se jette dans une rivière qui en restera brûlante à jamais, mais rien ne réussit à apaiser ses souffrances. Tous, même les plus proches, impuissants à le soulager, se sont enfuis et pleurent de désespoir. Dans sa course folle, Héraclès découvre le messager de sa femme, tremblant de peur derrière un rocher. Sans écouter ses justifications, il le saisit par un pied et le lance très loin dans la mer.

Puis il annonce à son fils aîné qu'il veut mourir. On l'amène sur le mont Oeta et, avec des branches de chêne et d'olivier sauvage, on lui construit un bûcher sur lequel il s'allonge avec sa massue pour oreiller. Le héros, enfin apaisé, demande qu'on mette le feu au bûcher, mais personne ne peut s'y résoudre. C'est le fils d'un berger, Philoctète, qui accomplira le geste. Pour le remercier, Héraclès lui offre son carquois, son arc et ses flèches. Enfin tous se retirent et Héraclès meurt avec courage et dignité.

Zeus est fier de son fils. Il décide de l'accueillir parmi les immortels, n'en déplaise à Héra. Mais celle-ci oublie enfin sa rancœur et accepte de le considérer comme son fils. Dans l'Olympe, Héraclès épousera Hébé dont il aura deux enfants. Sur terre, il en a eu soixante-dix. Il est honoré dans toute la Grèce.

Voir et comprendre
LES ŒUVRES D'ART

Antiquité grecque

La céramique fut un art très florissant en Grèce. Dès le VIᵉ siècle avant notre ère, la figure humaine s'imposa dans la décoration des vases et poteries. On y représentait volontiers les exploits des héros célèbres dans des compositions très vivantes.

La décoration de ce cratère sans anse superpose trois frises : en bas, une décoration traditionnelle d'animaux qui luttent ; au milieu, une course de chevaux, et au dessus, Héraclès, peut-être le plus célèbre héros grec aux prises avec les redoutables Amazones. Ces femmes guerrières sont souvent représentées car elles menacent l'ordre patriarcal de la société grecque que restaure Héraclès. L'artiste a su donner une impression de mouvement en faisant alterner des scènes confuses de bataille avec une course harmonieuse. Chaque cheval se distingue de son voisin et semble flotter au vent...

Héraclès et les Amazones. Vase grec. VIᵉ siècle av. J.-C.

LES HÉROS DE LA MYTHOLOGIE GRECQUE

Sur ce grand vase cylindrique, on voit Héraclès lors de sa première épreuve : tuer le lion de Némée. Le héros est armé de sa massue mais elle est insuffisante face à la bête. Il devra l'étouffer entre ses bras puissants. Ce combat contre un monstre est caractéristique de la tâche dévolue aux héros dans la mythologie grecque : faire disparaître la progéniture monstrueuse enfantée par Gaïa aux débuts de la création et la remplacer par un ordre humain et divin commandé par la raison.

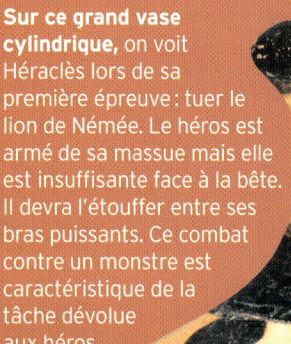

Héraclès et le lion de Némée. Vase grec. VIᵉ siècle av. J.-C.

Antiquité grecque et romaine

Mille neuf cents ans séparent ces deux œuvres. Le masque dit d'Agamemnon remonte à la plus haute Antiquité grecque alors que la mosaïque est d'une époque tardive de l'Empire romain. Et pourtant les héros habitent toujours avec la même force l'esprit des artistes...

Les riches Romains aimaient beaucoup décorer le sol de leurs villas de mosaïques. On en trouve beaucoup en Afrique du Nord mais aussi dans tout l'Empire romain. Celle-ci fut d'ailleurs découverte dans une villa de Germanie. Les mosaïstes romains ont porté leur art à la perfection.

Les animaux comptent parmi leurs sujets de prédilection, notamment à travers des scènes de chasse ou des mythes célèbres.

Thésée tuant le Minotaure. Mosaïque. IVe siècle.

Ici, la représentation de Thésée tuant le Minotaure associe chasse et mythe, mais le mouvement du vainqueur et la position agenouillée du monstre vaincu évoquent les combats de gladiateurs dont on raffolait. Autour du motif central, une décoration géométrique représente le labyrinthe au plus profond duquel le héros, aidé du fil d'Ariane, a traqué le monstre.

LES HÉROS DE LA MYTHOLOGIE GRECQUE

Agamemnon. Masque mortuaire en or. XVIe siècle av. J.-C.

En fouillant les tombes situées autour de la forteresse de Mycènes, les archéologues ont mis au jour du mobilier funéraire : des vases décorés, des armes, et surtout de magnifiques pièces d'orfèvrerie.

Ce masque mortuaire est celui d'un roi achéen du XVIe siècle avant notre ère. Barbe et sourcils sont gravés. Les yeux clos, il semble tranquille mais ses lèvres étroites lui confèrent une dureté qui évoque bien le roi Agamemnon.

Renaissance

LES HÉROS DE LA MYTHOLOGIE GRECQUE

L'Enlèvement d'Europe. P. Véronèse. Peinture. 1550.

À partir du XVe siècle en Italie et du XVIe siècle pour le reste de l'Europe, la Renaissance s'impose comme un vaste courant culturel. Les humanistes remettent à l'honneur les philosophies de l'Antiquité gréco-romaine et les artistes s'inspirent des dieux et des héros qui peuplent sa mythologie.

Europe, la sœur de Cadmos, fut aimée de Zeus qui prit l'apparence d'un taureau pour l'approcher. Le tableau de Véronèse se lit de gauche à droite. La scène principale est paisible : Europe monte par jeu sur le dos du taureau, étonnamment doux et docile. Ses compagnes ornent l'animal de guirlandes que tendent de petits amours ailés ; puis en cortège toutes se dirigent vers la mer mais là, les compagnes entrées dans l'eau tendent, en un geste d'angoisse, leurs mains vers Europe qui les cherche du regard.

XIXᵉ siècle

Au XIXᵉ siècle, les mythes nordiques, l'Histoire et le Moyen Âge dominent dans l'inspiration des artistes sans que les mythes grecs soient pour autant oubliés. Ces deux tableaux montrent bien à quel point les héros de la mythologie grecque nourrissent encore les œuvres les plus variées.

Delacroix, peintre romantique, exprime la solitude et la souffrance de Médée, violente et passionnée. Le décor est sauvage, à l'image de la femme. La barbarie est accentuée par la nudité, le poignard et la façon dont Médée tient ses enfants. Ce tableau pourrait illustrer les vers d'Euripide lorsque, dans sa tragédie, il fait dire à Médée : « Ne faiblis pas, oublie que ces enfants sont ton bien le plus précieux, que tu les as mis au monde. Tu pleureras ensuite. Tu les tues et cependant tu les aimes. »

Médée. E. Delacroix. Peinture. 1838.

LES HÉROS DE LA MYTHOLOGIE GRECQUE

Œdipe explique l'énigme du Sphinx. J.A.D. Ingres. Peinture. 1808.

Ce tableau d'Ingres nous frappe par ses deux aspects opposés. Le côté chaotique du décor, les détails macabres, l'agitation de l'homme à l'arrière-plan, le regard du sphinx forment un contraste saisissant avec la sérénité d'Œdipe, rendue sensible par le modelé lisse de son corps et son regard tranquille. Il symbolise le triomphe de l'esprit humain.

XXᵉ siècle

Minotaure et jument morte.
P. Picasso. Dessin.
1936.

Au XXᵉ siècle beaucoup d'artistes s'intéressent aux mythes, souvent pour les revisiter. Si les mythes sont une clé, parmi d'autres, pour accéder au monde et explorer les profondeurs de l'esprit humain, peintres et sculpteurs les revivifient constamment en leur donnant une dimension personnelle.

LES HÉROS DE LA MYTHOLOGIE GRECQUE

Picasso s'est souvent plu à dessiner ce monstre hybride qui symbolise la double nature de l'homme. Ici, le Minotaure est à la fois humain par son regard étonné, ses narines, son corps, sa main tendue; et bestial par son cou, sa tête et sa force. On a vu dans cette œuvre l'illustration du peintre et de son désarroi devant la violence de ses rapports avec la femme, représentée par les mains qui sortent de la grotte, peut-être pour le retenir... La jument morte est souvent chez Picasso symbole de la sexualité féminine et la femme derrière le voile ressemble étrangement à l'épouse du peintre.

Orphée. O. Zadkine. Plâtre. 1928.

Orphée apparaît souvent dans la sculpture de Zadkine, qui s'est passionné pour le thème de la musique. On voit ici le poète avec son attribut habituel, la lyre. Il y a de la douceur dans les courbes du corps et dans le regard. Sa bouche s'entrouvre comme s'il chantait pour charmer les animaux les plus sauvages.

Musique

La mythologie grecque est très vivante à l'opéra, de ses débuts, avec *Orphée* (1607) du célèbre Monteverdi, à *Œdipus Rex* (1928) d'Igor Stravinski. Offenbach fit même scandale en la parodiant irrespectueusement mais avec humour dans *Orphée aux enfers* (1858).

Les femmes jouent un rôle important à l'opéra où les performances vocales des sopranos sont très appréciées. Dans les mythes grecs, la première place est laissée aux hommes. Mais Électre est une exception : c'est elle qui, poussée par le désir impitoyable de venger son père, amène Oreste au meurtre de leur mère.

La sorcière Médée, dévorée par la jalousie au point de tuer ses enfants pour se venger d'un mari infidèle, a inspiré nombre d'écrivains, de peintres et de musiciens. La célèbre cantatrice Maria Callas a prêté son visage passionné et tragique à ce personnage qu'elle interprétera aussi au cinéma.

Partition d'*Elektra* de R. Strauss. 1908.

Maria Callas en Médée. 1958.

Même si Électre ne manie pas le couteau, elle est aussi violente que Médée. Eurydice, au contraire, est la femme qui inspire un amour immense et éternel. Orphée brava les Enfers pour la rechercher ; c'est par désir qu'il échoua à la ramener à la vie mais il ne l'oublia jamais et en mourut.

LES HÉROS DE LA MYTHOLOGIE GRECQUE

Représentation d'*Orphée et Eurydice*, de Glück. 1988.

Cinéma

Orfeu negro. Film. 1959.

Hercule. Dessin animé. 1997.

LES HÉROS DE LA MYTHOLOGIE GRECQUE

Le cinéma, toujours en quête d'images fortes et d'effets spéciaux, ne pouvait ignorer les héros traversant des épreuves pour faire triompher le Bien. Pourvu qu'elles soient spectaculaires, leurs aventures prennent souvent des libertés avec la trame des mythes.

Jason et les Argonautes. Film. 1963.

Hercule à New York. Film. 1970.

Le film *Jason et les Argonautes*, réalisé en 1963, est célèbre pour ses effets spéciaux très élaborés pour l'époque. Sur l'image, on voit Poséidon écartant les roches bleues pour laisser passer l'Argo. La vignette de gauche nous montre une Eurydice et un Orphée noir *(Orfeu negro,* 1959). En effet, Marcel Camus a transposé le mythe dans le Brésil des années cinquante, en plein Carnaval de Rio. La musique de ce film résonne encore dans le monde entier. Les deux dernières vignettes dévoilent un Hercule de fantaisie dont les aventures n'ont plus rien à voir avec les célèbres travaux. Dans le dessin animé, le cheval ailé s'inspire du mythe de Bellérophon. Le héros d'*Hercule à New York* n'est autre qu'Arnold Schwarzenegger ; le mythe semble surtout prétexte ici à l'exhibition d'une musculature impressionnante !

Sculpture

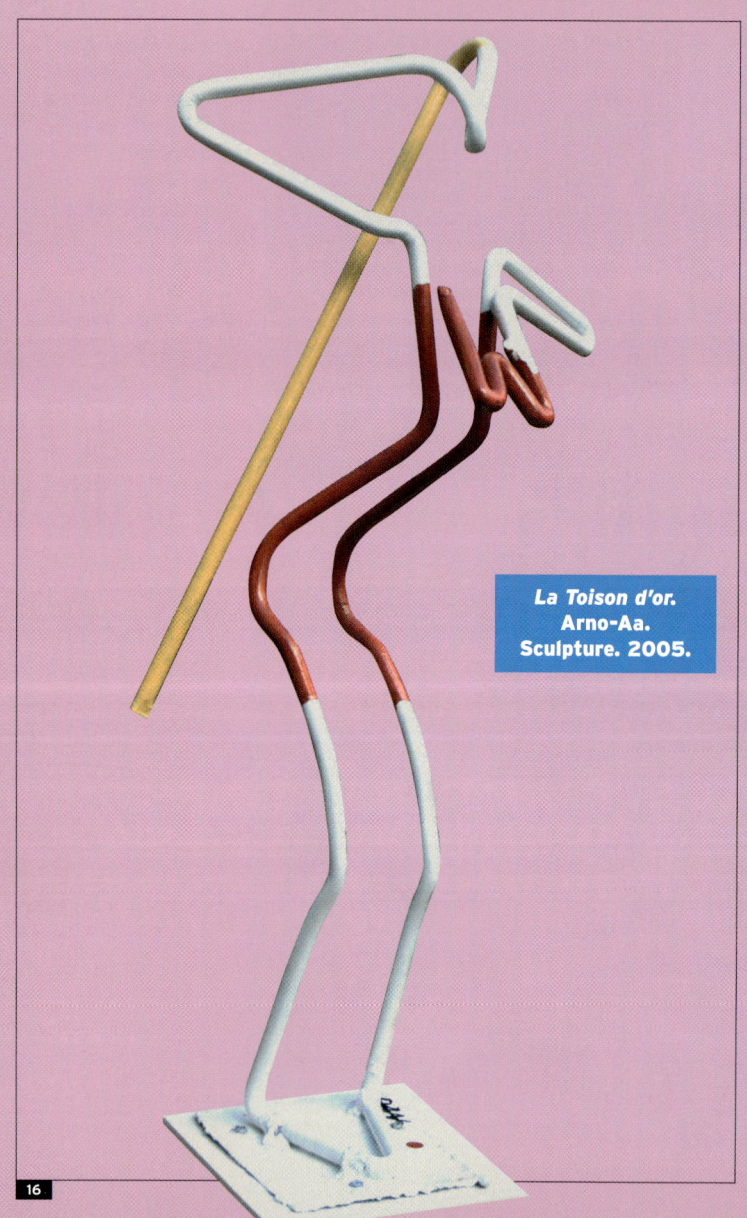

La Toison d'or.
Arno-Aa.
Sculpture. 2005.

Alceste

Admète est un homme heureux.

Il est roi de Phères en Thessalie. Son père, très âgé, lui a laissé le trône. Admète est un roi juste et, dans toute la Grèce, il est connu pour son hospitalité sans défaut. Or chacun sait qu'en Grèce l'hospitalité est un devoir sacré.

Dans sa jeunesse, il a participé à l'expédition des Argonautes aux côtés de Jason. Il en a gardé une solide amitié avec Héraclès qui accompagnait cette équipée.

Pour garder ses troupeaux, il a eu un berger de qualité : le dieu Apollon lui-même! En effet, Apollon s'était pris de querelle avec Zeus. Le motif? Le fils d'Apollon, Asclépios, était devenu un médecin très savant; en utilisant astucieusement le sang de Méduse, tuée jadis par Persée, il avait même réussi à ressusciter un mort! Hadès, le dieu des Enfers, ne pouvait tolérer qu'on vienne arracher une âme à ses domaines. Il alla se plaindre au maître des dieux. Ce que faisait Asclépios était contraire à l'ordre du monde et Zeus foudroya donc aussitôt l'insolent médecin. Apollon, fou de chagrin et de colère contre Zeus, se vengea en tuant les trois Cyclopes qui, dans les forges du dieu, fabriquaient la divine foudre. En représailles, Zeus était prêt à envoyer pour toujours son fils dans le Tartare, le coin le plus reculé des Enfers, où croupissaient les condamnés à une peine éternelle; mais Léto, la mère des jumeaux Apollon et Artémis, Léto pour laquelle Zeus gardait une grande tendresse, le fit changer d'avis. Apollon subirait la peine habituelle pour un meurtre : l'exil. Il devrait se mettre pour un an au service d'un mortel. Et ce mortel, ce fut Admète.

Sous la conduite du dieu, qui avait accepté cette humble tâche sans rechigner, les troupeaux d'Admète avaient prospéré. Les moutons donnaient davantage de laine, les vaches davantage de lait. Quand les brebis et les vaches avaient des petits, c'étaient des jumeaux qui naissaient, tous vigoureux et bien constitués. Admète, qui s'était enrichi pendant cette année, avait donc très bien traité ce serviteur hors du commun. Et tous deux s'étaient quittés fort contents l'un de l'autre. Et le dieu est resté l'ami de son patron d'une année.

Admète a une épouse exceptionnelle. C'est Alceste, la fille du roi Pélias, la plus belle et la plus pieuse de ses filles. Il l'a conquise de haute lutte. Elle avait de nombreux prétendants, tous rois ou princes. Et son père, qui craignait les complications diplomatiques, avait annoncé qu'il ne donnerait sa fille qu'à celui qui serait capable d'atteler à un char un lion et un sanglier et de leur faire faire le tour du stade. Admète, très épris de la jeune fille, fit appel à Apollon :

– Je t'ai bien traité lorsque tu étais mon esclave. S'il te plaît, accorde-moi ton aide en échange.

– Il me semble que j'ai déjà fait beaucoup pour toi, Admète. Regarde tes troupeaux, ne sont-ils pas les plus beaux de Thessalie ?

– C'est vrai, seigneur Apollon. Mais là, c'est plus important que toutes les richesses du monde. Il s'agit d'amour, de mariage.

Admète le supplia et Apollon, qui l'aimait bien, se laissa persuader. Il l'aida à capturer l'attelage et, pour dompter les deux animaux aussi féroces l'un que l'autre, on fit appel à Héraclès. Et c'est ainsi que, triomphalement, le roi Admète put faire le tour du stade et gagner la main de la belle Alceste.

Lors du mariage, Apollon dut encore aider son ami Admète en rattrapant une grave étourderie : pour se rendre les dieux favorables, il faut leur faire des sacrifices au cours de la cérémonie. Et le roi, tout à son amour sans doute, avait oublié la déesse Artémis. Pour se venger, elle remplaça dans le lit nuptial la jeune mariée par un nœud de vipères qui se mirent à siffler furieusement quand le roi voulut se coucher. Il s'enfuit, épouvanté. Et c'est Apollon qui réussit à calmer sa sœur. Elle accepta le sacrifice – un peu tardif – d'Admète qui put enfin se coucher auprès de sa chère épouse.

Apollon fit même davantage en faveur de son protégé. Il alla trouver les Moires[1]. C'étaient trois déesses, beaucoup plus vieilles que lui, filles qu'Érèbe[2] avait eues de sa sœur, la Nuit. Et tous les craignaient, les dieux comme les hommes. Sur un fuseau, elles filaient le destin des mortels et décidaient du moment où le fil serait coupé. Nul ne pouvait les influencer. Et pourtant, le rusé Apollon alla les trouver. Mais, sachant qu'il n'avait aucune chance avec elles si elles restaient dans leur état normal, il réussit à les faire boire. Et quand elles furent ivres, il obtint pour Admète la possibilité de survivre si, au moment de sa mort, quelqu'un acceptait de prendre sa place.

Alceste et son époux vivent heureux. Ils ont deux jeunes enfants. Alceste est aimée de tous, belle-famille, serviteurs : elle a toutes les qualités. Elle aime sa nouvelle famille comme elle a aimé son père Pélias, tué par la bêtise de ses sœurs et la cruauté de Médée. Quand ses deux sœurs, trompées par la

---

1→ Voir la note p. 19.
2→ Érèbe est un dieu, personnification des Ténèbres infernales. Sa sœur, Nyx, la Nuit, et lui sont les enfants de Chaos, le vide originel.

sorcière Médée, avaient voulu découper leur père Pélias en morceaux, sous prétexte de lui rendre la jeunesse éternelle, elle seule s'y était opposée. Elle préférait, disait-elle, voir son père vieillir plutôt que l'exposer à une dangereuse magie. Malheureusement elle n'avait pas réussi à convaincre ses sœurs et Pélias avait fini misérablement, au grand chagrin d'Alceste.

Et, par-dessus tout, Alceste adore son époux. Ils vivent heureux. Mais un jour, Thanatos, la Mort, un dieu au service d'Hadès, vient annoncer à Admète sa fin prochaine ; il doit donc trouver un remplaçant. Bien sûr, c'est un bon maître et un bon roi, mais personne parmi ses esclaves ou ses sujets ne veut prendre sa place. Tous craignent la mort et cette peur est plus forte que leur affection.

Admète va trouver ses parents : il est persuadé qu'ils vont se disputer la joie de secourir leur fils. Ne l'adorent-ils pas ? Ne sont-ils pas très âgés ? Quel plaisir peut encore leur réserver la vie ? Mais hélas ils ne l'entendent pas de cette oreille. Et le vieux Phérès ne se gêne pas pour le dire à son rejeton :

– Mourir pour toi ? Quelle nouveauté ! Depuis quand les lois grecques nous y obligeraient-elles ? Ce que nous te devions, ta mère et moi, tu l'as obtenu : la vie d'abord, l'amour, la protection durant ton enfance et un héritage non négligeable. Tu as même le pouvoir royal. Je te l'ai abandonné de mon vivant, alors que j'aurais pu continuer à l'exercer longtemps. Non, désolé, je ne te dois plus rien et ta mère non plus. Si tu as du plaisir à vivre, eh bien ! dis-toi que tes parents en ont aussi.

– Mais vous êtes vieux ! Quelques jours de plus ou de moins, qu'est-ce que ça change pour vous ?

– La vie est courte mais elle est agréable ; tu es bien placé pour le savoir, toi qui te débats comme un fou pour la conserver.

– Vous n'êtes que des lâches, ma mère et toi.

– Tu es mal placé pour nous faire ce reproche, il me semble.

– Continuez donc à vieillir mais considérez que vous n'avez plus de fils.

Et sur ces mots, les plus épouvantables qu'un Grec puisse prononcer, Admète quitte se parents. Mais le temps presse : Thanatos ne va plus attendre longtemps. Et c'est Alceste qui choisit de se sacrifier pour son mari, préférant, dit-elle, mourir pour son époux adoré et lui faire honneur, quitter ses chers enfants plutôt que se retrouver veuve, séparée de lui avec deux orphelins, obligée d'épouser un prince thessalien qu'elle n'aimerait pas pour donner un roi à la cité de Phères et un protecteur à ses enfants.

Cette décision prise, Alceste est atteinte d'un mal inconnu qui l'affaiblit et elle meurt bientôt dans les bras de son mari et de ses enfants. Tous sont en pleurs, famille et serviteurs. Ils s'habillent de noir, se rasent les cheveux et se couvrent le visage de cendre ; c'est ainsi qu'on porte le deuil dans toute la Grèce. Admète jure qu'il ne prendra jamais une autre femme.

C'est à ce moment qu'arrive Héraclès. Se rendant en Thrace pour s'emparer des juments de Diomède, un des travaux qu'il doit accomplir pour Eurysthée, il a bien sûr prévu de s'arrêter chez son ami, le roi Admète. Ce dernier, pour ne pas trahir les lois sacrées de l'hospitalité, ne veut rien révéler de son deuil à son ami. Il le reçoit dans l'appartement des invités comme si de rien n'était. Il lui fait servir ainsi qu'à ses compagnons viandes et vin et s'excuse de ne pas pouvoir rester avec eux car il doit mener, prétend-il, l'enterrement d'une étrangère.

Héraclès, fidèle à sa réputation de bon vivant, se met à manger et surtout à boire – il faut bien le dire assez goulûment. Couronné de myrte en l'honneur de Dionysos, le dieu du Vin, il accompagne son repas de chansons qui se transforment vite, sous l'effet de la boisson, en beuglements discordants. Cependant, tout en festoyant, il se rend compte que quelque chose ne va pas. Admète n'est pas revenu, les serviteurs ont des mines lugubres. Il interroge un vieil esclave au service du roi depuis bien longtemps :

– Que signifie cette tristesse ? Tu sais que c'est offensant pour nous. Bois un coup avec nous, mon brave, tu te sentiras sûrement mieux.

– Excuse-moi, seigneur Héraclès, mais je n'ai pas le cœur à rire. Ne sais-tu pas le malheur qui nous frappe ?

– Admète m'a parlé de la mort d'une étrangère. Pas de quoi faire un drame !

– Notre maître va trop loin dans l'hospitalité. Malgré l'interdiction qu'il m'impose, je te l'avouerai : c'est sa femme que mon maître pleure, la meilleure des épouses.

Honteux de sa conduite, car il a offensé la morte et sa famille en deuil, Héraclès décide de se racheter. Il se cache près du tombeau d'Alceste et, quand Thanatos vient la prendre pour la mener chez Hadès aux Enfers, il n'hésite pas à se mesurer à lui. C'est ainsi qu'après un combat qui dure toute la nuit il réussit à ramener Alceste à Admète. Après avoir douté de ce retour et craint qu'elle ne soit qu'un fantôme, Admète se laisse aller à la joie et remercie chaudement

Héraclès. Il voudrait le garder près de lui, mais le héros doit partir à la poursuite de sa mission.

Quant aux deux époux, cette épreuve les rapproche davantage encore et ils vivent heureux jusqu'à leur mort, bien, bien plus tard.

Jason

Jason et la Toison d'or

Un jour, un jeune homme étrangement vêtu d'une tunique de cuir recouverte d'une peau de panthère, armé de deux lances et chaussé d'une seule sandale, se présente à la cour du roi Pélias, à Iolcos. Il s'appelle Jason. Il arrive dans cet accoutrement bizarre, bien décidé à réclamer le trône qui lui revient en héritage, et il en fait la demande à Pélias. Son père Aeson, le demi-frère de Pélias, était roi d'Iolcos. Mais Pélias le détrôna. Aeson, par crainte de représailles, cacha à Pélias la naissance de Jason et le fit élever au loin par le Centaure Chiron qui lui enseigna les armes, la médecine et bien d'autres arts.

Quand Jason se présente à lui, Pélias s'inquiète car un oracle lui a prédit de se méfier d'un homme qui ne porterait qu'une seule chaussure. Et, sans accéder à sa requête, il pose alors au jeune homme une question destinée à le piéger :

– Et si tu régnais, quel châtiment infligerais-tu à celui qui conspirerait contre son roi ?

– Je l'enverrais conquérir la Toison d'or, répond ingénument Jason.

– Eh bien ! Tu as choisi ton châtiment. Pars donc chercher la Toison d'or et, si tu la rapportes, peut-être seras-tu digne de régner.

Cette Toison d'or était la peau d'un bélier ailé que Zeus avait envoyé pour sauver deux enfants jumeaux que leur marâtre voulait lui sacrifier. Cet animal avait transporté les deux malheureux au-dessus de la mer Noire, jusqu'en Colchide. Hellé, la petite fille, était tombée à l'eau et avait donné son nom à la mer qui s'appela ensuite Hellespont[1] ; mais le jeune garçon, Phrixos, était arrivé à bon port et, pour remercier le dieu, lui avait sacrifié le bélier et avait consacré sa toison à Arès que les Colchidiens honoraient avec ferveur. La toison était accrochée à un arbre et gardée par un féroce dragon.

Le voyage Pour atteindre la Colchide, il faut un bateau. C'est un certain Argos, peut-être le petit-fils de Phrixos, en tout cas un expert en construction maritime, qui le construit, avec du bois du Pélion, ce qu'il y a de mieux en Grèce. La proue du navire est un cadeau d'Athéna elle-même. C'est un morceau du chêne de Dodone. Cet arbre est célèbre dans toute la Grèce car il est consacré à Zeus et, grâce au vent dans ses branches, il prédit l'avenir. La proue taillée dedans est donc, elle aussi, douée du pouvoir de prédire et cette faculté sera utile aux marins. Le navire est magnifique et s'appelle l'*Argo*[2].

L'équipage est digne du navire. Il se compose des cinquante meilleurs guerriers du moment. Citons parmi eux les jumeaux Castor et Pollux, fils de Zeus, Orphée, le célèbre musicien, le propre fils de Pélias, Acaste, tenté par l'aventure malgré l'opposition de son père, et le plus célèbre, Héraclès, qui interrompt ses travaux pour venir à la rescousse. Jason, qui admire beaucoup ses exploits, lui propose le commande-

---

[1] Hellespont signifie en grec « mer d'Hellé ».
[2] Argo, du nom de son constructeur, Argos, mais aussi parce qu'en grec le mot *argos* signifie « rapide ».

ment de l'*Argo* mais, modeste, Héraclès accepte de naviguer sous ses ordres. Certains pensent même qu'une jeune fille s'était jointe à eux, Atalante, célèbre pour sa rapidité à la course. On fait les sacrifices rituels à Apollon pour s'assurer une bonne navigation et on s'embarque avec, au gouvernail, le meilleur pilote de Grèce.

La première étape du voyage est très agréable. Les Argonautes font escale sur l'île de Lemnos. Or les femmes de Lemnos avaient tué tous les hommes de l'île pour les punir de s'être moqués d'elles – ils leur avaient reproché de sentir mauvais. Mais sans hommes, plus de bébés ! Elles demandent donc aux Argonautes d'y suppléer, ce qu'ils font avec enthousiasme, au point de ne plus revenir à bord. C'est Héraclès, commis à la garde du navire qui, au bout de trois jours, s'inquiétant de l'absence de ses compagnons, frappe aux portes avec sa massue et les ramène de force à leur mission. Les navigateurs quittent Lemnos dans les larmes !

Arrivés à Cyzique, ils sont invités au mariage du roi. La fête est grandiose. Mais l'*Argo* est attaqué par des géants à six bras, qui le bombardent de rochers. Aussitôt les Argonautes se précipitent pour le défendre et font un carnage parmi les géants. Mais cette tuerie n'est pas du goût de la déesse Rhéa, leur mère, qui va les venger. Quand Jason et ses compagnons repartent, le navire est pris dans des vents contraires qui l'emportent et le ramènent, la nuit suivante, sur la côte qu'il a quittée. Dans l'obscurité, les habitants de Cyzique ne reconnaissent pas les invités de la veille et les prennent pour des pirates ; une gigantesque bataille s'ensuit et le roi de Cyzique est tué. De désespoir, sa jeune épouse se suicide. A l'aube, tout se découvre et il ne reste plus qu'à enterrer les morts et à les pleurer. Les nymphes des bois versèrent des larmes si abondantes qu'il en naquit une source. Et pour apaiser la déesse Rhéa, Argos lui sculpta une statue dans un cep de vigne.

Pour redonner du cœur aux Argonautes, Héraclès organise un concours de rameurs. Le vainqueur sera celui qui tiendra le plus longtemps. Chacun y met toute son énergie, encouragé par la lyre d'Orphée. Mais, après quelques heures, il ne reste plus que les jumeaux, Castor et Pollux, Jason et bien entendu Héraclès. Castor faiblit mais ne veut pas abandonner. Pollux, qui craint pour son frère, décide de lâcher sa rame ; ainsi l'orgueil de son jumeau sera sauf ! Il ne reste plus que Jason et Héraclès qui ne veulent céder ni l'un ni l'autre. A eux deux, ils suffisent à manœuvrer le lourd navire. Enfin, épuisé par l'effort surhumain qu'il fournit, Jason s'évanouit. Héraclès va-t-il être vainqueur ? Au même moment, sa rame casse et il regarde le tronçon qui lui reste en main d'un air si dépité que ses compagnons éclatent de rire. Mais c'est l'heure d'amener l'embarcation vers une plage.

Les uns se mettent à la préparation du repas, Héraclès part à la recherche d'un sapin capable de fournir une rame à sa taille et on envoie Hylas, l'écuyer bien-aimé d'Héraclès, renouveler la provision d'eau. Mais, au bout de deux heures, Hylas n'est toujours pas rentré.

– J'ai entendu crier, s'écrie Polyphème, l'un des Argonautes, mais je n'ai vu aucune trace.

Tous se précipitent dans la direction qu'il indique. Héraclès, à son retour, se joint à eux mais les recherches, qui durent pourtant toute la nuit, ne donnent rien. Au matin la brise est favorable ; il faut partir. Mais ni Hylas ni Polyphème ni Héraclès ne sont revenus. Que faire ? La dispute est vive parmi les Argonautes. Finalement Jason choisit de partir, même si l'absence d'Héraclès risque d'être lourde de conséquences. Héraclès et Polyphème cherchèrent longtemps le jeune homme mais en vain, car les nymphes de la source où il puisait son eau l'avaient trouvé si beau qu'elles l'avaient emmené avec elles au fond des eaux.

Plus tard, les Argonautes abordent une île dont le roi se vantait d'être le meilleur boxeur[1] du monde. Il veut absolument se mesurer à l'un d'entre eux et, précise-t-il, il ne leur fournira du ravitaillement que si on le bat dans un combat loyal. Il est assez effrayant avec ses bras musclés et ses gants hérissés de pointes de métal. Mais la boxe est la spécialité de Pollux, il a même été vainqueur aux jeux Olympiques. Il met des gants lui aussi puis, prudemment, tourne autour de son adversaire. Il tente quelques coups rapides pour découvrir les faiblesses du roi et s'aperçoit que sa garde est un peu basse et qu'il protège mal son visage. Alors il enchaîne les crochets, du gauche, du droit et lui écrase le nez d'un direct du droit. Étourdi et désorienté, le roi lui attrape la main pour le retenir et tente de le frapper mais Pollux, d'un puissant uppercut, l'envoie au tapis et le tue. Ses soldats veulent combattre mais, sans leur chef, ils sont facilement vaincus par les Argonautes qui s'emparent d'un riche butin.

C'est donc tout joyeux que Jason et ses compagnons naviguent jusqu'au royaume de Phinée, en Thrace orientale. Le

---

[1] La boxe se pratiquait avec les mains entourées de lanières de cuir. Le ring n'était pas délimité et il n'y avait pas d'interruption dans le combat qui se terminait lorsqu'un des deux adversaires était KO ou levait le bras pour s'avouer vaincu.

roi Phinée était un devin mais les dieux, mécontents de la justesse de se prédictions, l'avaient rendu aveugle. Or depuis quelque temps, il était tourmenté par deux Harpyes, créatures mi-femmes mi-oiseaux, qui avaient pris l'habitude, quand on lui servait ses repas, de se précipiter sur la nourriture pour la dévorer voracement ou, si elles n'avaient pas faim, de la souiller de leurs excréments. Le pauvre roi aveugle, bien incapable de se défendre, était en train de mourir de faim.

Heureusement, parmi les Argonautes, il y a les deux fils de Borée, le vent du nord. Ce sont deux vaillants guerriers et de plus, comme leur père, ils ont des ailes.

– Laissez-nous faire, cette affaire est de notre ressort! s'exclament-ils.

Et quand les Harpyes reviennent, alléchées par le festin préparé en l'honneur des visiteurs, les deux frères s'élancent dans les airs et les attaquent de leur épée. Surprises, elles s'enfuient mais ils les poursuivent sans relâche. Ils ne leur laissent pas la possibilité de se poser jusqu'à ce que, épuisées, elles jurent par le Styx – le serment le plus sacré – de ne jamais recommencer. Pour remercier ses sauveurs, Phinée leur prédit leur avenir :

– La mer vous sera favorable mais, pour arriver en Colchide, vous devez obligatoirement naviguer entre les Roches Bleues qui se cachent dans la brume de la mer et empêchent les navires de passer le détroit vers le Pont-Euxin.

– Aucun risque! répond Jason. Nous avons avec nous le meilleur pilote de toute la Grèce.

– Oh! Mais ce n'est pas si simple. Les Roches Bleues peuvent se resserrer pour écraser les bateaux qui se risquent à les traverser. Mais il y a peut-être un moyen de savoir si vous pourrez passer…

– Dis vite, cher Phinée. Je dois atteindre la Toison d'or au plus vite. Mon destin en dépend.

– Eh bien, voilà ! Quand vous arriverez en vue des Roches Bleues, lâche une colombe. Si elle réussit à passer, cela signifiera que vous passerez aussi.

Les Argonautes reprennent la mer et, en arrivant face aux roches, Jason lance une colombe. Elle vole vers les sinistres écueils qui, dans un épouvantable fracas, s'arrachent aux fonds marins pour broyer le malheureux volatile. Chacun attend avec impatience, agrippé au plat-bord. Quand les rochers s'écartent enfin, c'est le soulagement : la colombe est vivante, elle vole vers le soleil, un peu désorientée toutefois car il lui manque quelques plumes à la queue.

Alors, au commandement de Jason, chacun regagne son poste : les rameurs à leur banc et le pilote à la poupe, près de la grande rame qui sert de gouvernail. Une invocation au dieu de la Mer, Poséidon, et à Hermès, qui protège les voyageurs, et c'est le départ pour l'aventure. Debout à côté du pilote, Jason donne aux rameurs une cadence très rapide et l'*Argo* s'engouffre dans le détroit entre les écueils. Aussitôt, le même tumulte de rochers, une énorme vague qui manque de les submerger, les îlots qui se resserrent… chacun se fait tout petit sur son banc sans ralentir le rythme… un horrible craquement. Ils sont perdus ! Non, seule la poupe a été touchée. Le pilote et Jason l'ont échappé belle. Le vaisseau est passé. Depuis ce temps, les Roches Bleues, vaincues, ne peuvent plus terroriser les marins : elles sont devenues immobiles.

Les compagnons, réjouis de ce succès, réparent leur poupe

puis continuent leur navigation sur le Pont-Euxin qu'on appelle aussi la mer Noire. C'est alors que meurent le devin qui accompagne l'expédition et le pilote. Cela n'arrête pas le navire qui dépasse le pays des Amazones et longe le Caucase. Il s'approche des côtes de Colchide mais, par ordre du roi Aétès, le pays est interdit à tous les Grecs. Comment y pénétrer ? Par la ruse ou par la force ? Alors qu'ils se concertent, la chance veut – ou ce sont les dieux – que les Argonautes sauvent des naufragés et qu'il s'agisse justement du petit-fils du roi de Colchide et de ses amis. Ce bienfait obligera Aétès à les recevoir dans le palais resplendissant que lui a construit Héphaïstos, le forgeron des dieux.

La conquête de la Toison d'or

Jason, qui ne doute de rien, demande au roi Aétès la Toison d'or mais, si celui-ci ne la lui refuse pas, il y met toutefois des conditions :

– Elle sera à toi si, seul et sans aide, tu peux mettre sous le joug deux taureaux sauvages, les atteler à une charrue et labourer un champ. Ensuite tu devras y semer les dents d'un dragon.

A ces mots, les Argonautes se félicitent : l'habileté et la force de Jason sont bien connues de tous.

– Ne vous réjouissez pas si vite, poursuit le roi un peu sarcastique. Ces taureaux sont un cadeau d'Héphaïstos. Ils ont des sabots d'airain et soufflent des flammes par les naseaux. Ça ne sera pas une partie de plaisir !

Et Aétès s'éloigne en ricanant, laissant Jason tout déconfit. Comment pourrait-il survivre à cette épreuve ? Aucun de ses compagnons ne peut lui être d'aucun secours. Mais l'aide lui vient d'une manière inattendue. Éros, le dieu de l'Amour, peut-être sur ordre de sa mère, Aphrodite, perce le cœur de la fille du roi, Médée. Elle tombe folle amoureuse de Jason et, par l'entremise d'une servante, lui propose ses services. Elle ne demande qu'une chose en échange, que Jason l'emmène avec lui sur l'*Argo*, la prenne pour femme et lui promette une fidélité absolue.

Jason ne se fait pas prier pour accepter. Médée est belle, d'une famille de rois, et c'est même la petite-fille du soleil. Ces qualités suffiraient à la rendre tout à fait digne d'épouser Jason. Mais en plus c'est une sorcière renommée. Elle a hérité des dons et des enseignements de son divin grand-père et de sa tante, la magicienne Circé, celle qui est capable de changer en porcs les malheureux qui abordent sur son île et qui saura retenir Ulysse dix ans auprès d'elle. Séduit, Jason lui promet tout ce qu'elle veut ; il jure même sur le Styx.

Elle lui enseigne alors le moyen de triompher de l'épreuve :

– Prends ce flacon. Il contient un onguent[1]. Si tu t'en enduis le corps, tu ne sentiras pas la morsure du feu. Tu peux aussi en frotter tes armes et ton bouclier, cela les protégera.

Jason débouche le flacon et aperçoit un liquide rouge sang.

– L'onguent a été préparé à partir d'un crocus rouge qui ne pousse que dans les montagnes du Caucase. Souviens-toi de Prométhée[2], enchaîné là par les dieux. Du sang qui gout-

---

[1] Un onguent est un médicament sous forme de crème ou de pommade.
[2] Prométhée est un Titan, un cousin de Zeus. Zeus le punit parce qu'il avait osé donner le feu aux hommes. Il était enchaîné à un rocher et un aigle venait lui dévorer le foie qui repoussait chaque jour. Zeus avait juré de ne jamais délivrer Prométhée, mais c'est Héraclès qui tua l'aigle et délivra le Titan.

tait de la plaie quand l'aigle venait chaque jour lui dévorer le foie est née cette fleur. Elle a un pouvoir souverain contre les blessures. Mais ce n'est pas tout, poursuit la jeune fille, mon père s'est bien gardé de te dire ce qui se passera quand tu auras semé les dents de dragon : il en naîtra des guerriers tout armés qui chercheront à te tuer.

– Mais que faire ? s'inquiète Jason. Je sais me battre, même contre plusieurs hommes à la fois, mais pas seul contre une armée.

– Ce n'est pas difficile. Dès que ces hommes sortiront de terre, jette une pierre sur l'un d'entre eux, il se vengera sur son voisin et cela dégénérera en bagarre généralisée. Ils se tueront les uns les autres.

Fort de ces conseils, Jason passe une bonne nuit et se prépare à son épreuve avec soin. Même avec l'onguent de Médée, dompter deux taureaux sauvages n'est pas une partie de plaisir. Il faut éviter les terribles sabots d'airain, les coups de corne, les charges furieuses. Enfin il en vient à bout, réussit à les atteler à la charrue et à les mener au champ. Là, autre difficulté, il faut les obliger à marcher droit pour tracer des sillons réguliers. Enfin Jason peut semer les dents de dragon dans la terre labourée. Le roi Aétès enrage de cet exploit. Il ne peut comprendre comment le héros a pu le mener à bien. Mais il lui reste un espoir : les féroces guerriers ! Toutefois quand ceux-ci jaillissent du sol, les armes à la main, voilà que Jason leur lance des pierres et le roi peut les voir s'entretuer. Les imbéciles ! Il ne reste à Jason qu'à se battre avec les derniers survivants et à achever les blessés.

Mais quand le héros vient réclamer sa récompense, c'est une autre histoire. Aétès ne veut rien donner.

– La Toison d'or, vous ne l'aurez jamais. Elle est à moi, rien ne m'obligera à m'en défaire.

– Mais j'ai accompli tout ce que tu as demandé !

– Et alors ! Tu m'aurais apporté la foudre de Zeus, tu n'aurais rien de plus.

– Et ta promesse ?

– Tu insistes, petit Grec arrogant ! Va-t'en tout de suite avec les aventuriers minables qui t'accompagnent. Je te donne une nuit, pas davantage, puis je mets le feu à votre vaisseau et je massacre tout l'équipage.

Pendant qu'il prononce ces paroles, ses gardes dégainent leurs armes et menacent les Argonautes.

Il ne reste plus aux Grecs qu'à se retirer car ils ne sont pas en position de force. Mais Jason ne s'avoue pas vaincu : n'a-t-il pas l'aide de Médée ? Elle conduit les Argonautes jusqu'à l'enclos consacré à Arès. Ils y découvrent un arbre sur lequel est accrochée la fameuse toison, mais aussi un énorme dragon qui se dresse dès qu'il les voit s'approcher. Sa taille est si gigantesque qu'on ne peut songer à l'attaquer, même à plusieurs.

– De toute façon, précise Médée, il est immortel.

Une fois de plus, c'est la magicienne qui sauve la situation. Elle chante quelques incantations magiques pour calmer le monstre et demande qu'on lui apporte une branche de genévrier. Elle verse sur cette branche un mystérieux liquide sorti d'une petite outre et en asperge les yeux du dragon. C'est un puissant narcotique et l'animal s'endort aussitôt. Jason peut se glisser dans l'enclos et, coupant avec un poignard les liens qui retiennent la toison, s'en emparer. Puis il faut fuir vers le rivage où attend l'*Argo*.

Le retour à Iolcos   Très vite l'alerte est donnée. Les soldats d'Aétès poursuivent les Grecs. Tout le monde s'y met : les prêtres d'Arès, la population, hommes, femmes, esclaves, tous ceux qui sont en état de courir. L'affrontement est inévitable. Mais il faut sauver le navire. Les Argonautes battent en retraite ; ils ont de nombreux blessés, parmi lesquels Jason, et laissent un mort sur le rivage. On embarque en hâte et on appareille. Médée soigne les blessés. Mais le danger n'est pas écarté. Aétès a fait mettre un navire à la mer et poursuit les voleurs. Près de l'embouchure du Danube, il est sur le point de les rattraper quand sa fille se révèle d'une habileté démoniaque : elle avait réussi à persuader son jeune frère de les accompagner. Sachant l'amour d'Aétès pour son fils, sans aucune pitié, elle poignarde le jeune garçon devant les Grecs médusés et le découpe en morceaux. Puis elle jette les morceaux un à un dans le courant. Le roi qui a vu le meurtre est obligé de s'arrêter pour récupérer chaque morceau du cadavre. Il veut enterrer dignement son fils selon les rites, pour que l'enfant accède à la paix éternelle. Ce retard permet aux Grecs de s'échapper. La toison est gagnée !

Mais il faut pouvoir rentrer au pays. Le meurtre du jeune prince a déchaîné sur Médée et les Argonautes la colère de Zeus. Il envoie sur eux une effroyable tempête. Les marins ne sont plus maîtres de leur navire, ballotté sur les vagues. Ils se croient perdus. C'est alors que la proue du navire, taillée dans le chêne de Dodone, se met à parler :

– Vous avez commis un meurtre ; vous avez sacrifié un enfant innocent. La colère de Zeus est sur vous ! Craignez, mortels, la colère du roi des dieux ! Vous ne reverrez jamais les rivages de la Grèce, si vous n'êtes pas purifiés de ce crime épouvantable par la magicienne Circé.

Et Zeus, libérant tous les vents, envoie le navire très loin, vers les côtes de l'Italie près de la petite île où l'enchanteresse Circé s'exerce à la magie. A contrecœur, elle accepte de purifier sa nièce et Jason qui peuvent repartir sans offenser les dieux. Mais le retour est long et dangereux. Ils naviguent dans des eaux où les périls abondent. D'abord ils rencontrent les sirènes : ce sont des démons marins, mi-femmes mi-oiseaux[1], qui se placent sur des rochers et attirent les marins en chantant d'une voix si envoûtante que les malheureux ne peuvent y résister. Ils se jettent à l'eau pour écouter de plus près et se noient. Quand elles se mettent à chanter, tous sur l'*Argo* lâchent leurs rames et se tournent vers elles mais Orphée a compris le danger. Il prend sa lyre et joue ses plus belles mélodies. C'est ainsi qu'il réussit à captiver ses compagnons et à les sauver de la noyade. Un seul d'entre eux se laisse charmer et en meurt.

Le navire remonte vers la Grèce et, après avoir passé Charybde et Scylla, doublé les îles errantes, atteint Corcyre, une île à l'ouest de la Grèce. Mais là, les attendent des Colchidiens qu'Aétès a envoyés à leur recherche. C'est au roi de Corcyre, Alcinoos, de décider du sort de ses hôtes. Après avoir longuement réfléchi, attendri par sa femme qui plaide pour Médée, il décide qu'il ne la rendra pas à son père si elle est réellement la femme de Jason. Avertie par la reine, elle le

---

[1] Nous avons l'habitude de nous représenter les sirènes comme de très belles femmes dont le bas du corps est une queue de poisson mais c'est une représentation tardive, médiévale, sans doute parce que les sirènes sont associées à la mer.

devient cette nuit-là. Ayant échoué dans leur mission, les émissaires d'Aétès n'osent pas rentrer et subir la colère du roi ; aussi préfèrent-ils s'installer à Corcyre.

Jason et les Argonautes se voient au bout de leur voyage : Corcyre est tout près des côtes occidentales de la Grèce, il ne reste qu'à faire le tour du Péloponnèse pour remonter vers Iolcos. Mais les dieux en ont décidé autrement. Une violente tempête entraîne le navire jusqu'en Afrique, en Libye très exactement. Et une vague plus puissante que les autres les jette au-delà de la côte, ils s'échouent alors dans un désert. Là, ils s'abandonnent au désespoir : c'est fini ! Ils ne reverront jamais la Grèce : autour d'eux, du sable à l'infini. Après des heures de lamentation, ils s'endorment, épuisés, mais la déesse qui veille sur ce lieu leur envoie un songe. Elle leur conseille de faire glisser le navire sur le sable jusqu'à un lac voisin. Réconfortés, ils se mettent à l'ouvrage et, avec des cordes, des rouleaux de bois, sous un soleil implacable, ils tirent, ils poussent. Il ne leur faudra pas moins de douze jours d'efforts surhumains pour atteindre le lac. Ils seraient morts de soif sans une source providentielle au milieu du désert.

L'eau du lac est salée, il doit donc rejoindre la mer. Mais les marins sont incapables de trouver le passage. Et la malchance les poursuit. L'un d'entre eux se fait tuer par un berger à qui il volait du bétail pour nourrir les Argonautes, et un autre se fait mordre par un serpent et meurt dans d'horribles souffrances. Sur les conseils d'Orphée, Jason fait un sacrifice et offre des présents aux divinités de la région et Triton, le dieu du lac, s'emparant des cadeaux, leur indique du doigt un fleuve qui les mènera jusqu'à la mer.

Ils remontent vers la Grèce, espérant faire escale en Crète.

Mais c'est compter sans le gardien de l'île : Talos, une sorte de robot de bronze, fabriqué pour Minos par Héphaïstos ou peut-être, dit-on parfois, par l'ingénieux Dédale. Ce Talos est immense. Il fait chaque jour trois fois le tour de l'île pour empêcher les étrangers d'aborder et les Crétois de partir sans l'autorisation du roi Minos. Si les intrus insistent, il saute dans le feu, porte le métal de son corps à l'incandescence et serre ses ennemis dans ses bras pour les brûler. Il est invincible sauf si l'on réussit à découvrir, au bas de sa jambe, un petit clou qui ferme l'unique veine de son corps, dans laquelle se trouve le liquide qui lui donne vie. On ne sait trop comment les Argonautes l'ont vaincu. Peut-être l'un d'entre eux tira-t-il une flèche qui perça cette veine. Peut-être Médée, par ses enchantements, réussit-elle à l'endormir pour qu'on puisse lui arracher le clou ou bien, par magie, réussit-elle à le rendre fou furieux au point qu'il se lacéra la jambe lui-même et se vida de son sang. C'est ainsi que l'*Argo* peut faire escale et se ravitailler en Crète.

Après une dernière tempête, qu'ils déjouent avec l'aide d'Apollon, les Argonautes retournent enfin à Iolcos. Mais là, Jason apprend que Pélias a tué ses parents et son jeune frère, né après le départ de l'*Argo* ; il ne risque pas de lui céder le trône. Il faut tenir un conseil et décider de l'action. Jason est partisan de donner immédiatement l'assaut, mais c'est impossible sans troupes. Et Acaste ne veut pas prendre les armes contre son père. Médée s'offre de tout arranger.

– Laissez-moi faire, dit-elle, camouflez l'*Argo* et cachez-vous. Quand vous verrez des flammes sur les remparts, vous pourrez entrer dans la ville.

Elle emmène avec elle douze jeunes esclaves qui portent une statue de la déesse Artémis. Elle les a habillées de façon bizarre afin de les faire passer pour des étrangères venues de lointaines contrées nordiques. Quant à elle, elle a pris l'apparence d'une vieille femme. Elle réussit à persuader les gardes que la déesse Artémis est venue du nord dans un char volant spécialement pour voir Pélias et lui apporter le bonheur. Elle entre ainsi dans la ville avec son cortège, suivie de toute une population enthousiaste. Pélias se réveille, un peu effrayé par tout ce vacarme mais, très vite, il est séduit par les propositions de Médée : lui rendre sa jeunesse et lui permettre d'engendrer un héritier pour remplacer Acaste qui l'a trahi en s'acoquinant avec Jason. Pour lui montrer ses pouvoirs, Médée reprend devant lui son apparence de jeune fille.

– Et que dois-je faire, demande le roi subjugué ? Dis vite !

Dans son impatience de redevenir un jeune homme, il est prêt à tout. C'est ce que veut Médée.

– Tu vas voir.

Elle demande qu'on lui amène un vieux bélier. Elle l'égorge, le coupe en treize morceaux et le met à bouillir dans un chaudron avec des herbes magiques. Elle prononce des incantations en langue barbare et, quand l'eau du chaudron se met à bouillir, il en sort un jeune agneau tout bêlant.

– Voilà ce que tu dois faire. Je vais t'endormir, tu ne sentiras rien et, dans quelques minutes, tu seras un jeune homme.

Et, comble de cruauté, Médée va le faire dépecer par ses filles en prétendant qu'ainsi l'opération sera plus efficace. Pélias qui ne doute pas d'elle un seul instant leur ordonne d'obéir à la magicienne, se couche et bientôt s'endort. L'aînée, Alceste, refuse de verser le sang de son père, même si c'est pour la bonne cause, mais les deux cadettes pensent bien faire en jouant du couteau.

– Mettez le chaudron à bouillir sur le toit, précise Médée, vous serez ainsi en vue de la lune et vous pourrez faire vos prières à Artémis. Prenez des torches et, au moment propice, vous les brandirez face à l'astre de la déesse.

Naïvement les deux jeunes filles lui obéissent mais le résultat est bien différent de ce qu'elles espéraient : si leur père ne ressuscite pas rajeuni, la lueur des torches attire les Argonautes qui investissent la ville sans rencontrer de résistance.

Mais Jason ne conquit pas pour autant le trône. Acaste, le fils aîné de Pélias, s'indigna du traitement infligé à son père et fit appel à un tribunal. Jason craignait la colère de son ancien compagnon d'aventures. Aussi accepta-t-il le jugement qui les bannissait, lui et Médée.

Jason et Médée

Le père de Médée, Aétès, était originaire de Corinthe et c'est dans cette ville que se fixèrent Jason et son épouse. Ils y vécurent dix ans et eurent des enfants : sept garçons et sept filles, disent certains, mais la tradition la plus courante veut qu'ils aient eu deux fils. Ils vécurent heureux, jusqu'au jour où le roi de Corinthe, Créon, qui n'avait pas de fils, voulut que Jason épouse sa fille et lui succède sur le trône. Il suffisait pour cela que Jason répudie Médée. Il ne résista pas longtemps à cette tentation.

C'est ainsi qu'un matin Médée se lamente dans sa maison

sur l'abandon de Jason. Mais se contenter de pleurer n'est pas dans son caractère. Elle hurle des menaces envers son mari, ce parjure qui n'a pas su respecter son serment de fidélité. Elle qui a tout fait pour lui, qui a tout perdu pour lui.

– Pour toi, j'ai été bannie de mon pays ! Pour toi, j'ai trahi mon père ; j'ai tué par amour pour toi… Tu m'avais fait un serment sacré ! Et tu crois que tu vas t'en tirer sans que Médée se venge ?

Jason tente de la persuader qu'il agit pour leur bien à tous, pour assurer la sécurité de ses enfants qui ne sont que tolérés à Corinthe. Mais la mère qui est en elle ne le croit pas et l'épouse se révolte :

– Tu as tiré de moi tout ce que tu pouvais et maintenant tu me rejettes. Tu crois que je ne peux plus te servir à rien, alors tu en cherches une autre plus utile. Et en plus elle est jeune et belle ! Tu prétends faire cela pour moi et mes enfants mais tu me déchires le cœur. Je te tuerai.

Les cris de rage et de jalousie de Médée inquiètent le roi Créon. Il connaît sa réputation et ses pouvoirs. Il craint sa vengeance. Il décide donc de l'exiler avec ses fils. C'est un coup supplémentaire pour l'épouse abandonnée. Où ira-t-elle ? Comment nourrira-t-elle ses enfants ? Devront-ils mendier sur les routes ? Pas question de retourner chez son père après le meurtre de son jeune frère et, pour une femme abandonnée, il n'y a pas d'autre protection. Elle supplie Créon mais en vain. Il reste inflexible.

– Je te connais bien, Médée, je m'inquiéterais trop de te savoir à proximité de ma famille.

Elle se jette à ses genoux mais, tout ce qu'elle obtient, c'est un jour de délai avant de partir avec ses enfants.

Un jour, c'est plus qu'il ne m'en faut pour vous détruire tous, grince-t-elle entre ses dents.

Mais si elle veut se venger, il lui faut trouver un asile, car il ne peut être question de rester à Corinthe. Or le destin fait qu'à ce moment Égée, le roi d'Athènes, passe par Corinthe en revenant de Delphes où il vient de consulter l'oracle. Il vient saluer Jason et Médée et rencontre l'épouse délaissée devant sa maison.

– Je reviens de Delphes. Je voulais savoir comment arriver à obtenir des enfants, explique-t-il après les salutations d'usage. Mon union reste stérile.

– Par les dieux, tu n'as pas d'enfant ?

– Hélas non ! Mais je ne suis pas plus avancé car la réponse de l'oracle est bien obscure. Et toi, es-tu heureuse ? Tu as l'air tourmentée. Conte-moi tes chagrins.

– Égée, Jason est le plus lâche des hommes. Il nous abandonne, ses fils et moi, pour épouser la fille de Créon.

Égée s'attendrit devant ses malheurs et à l'annonce de son exil. Médée se jette alors à ses pieds.

– Moi, je sais comment t'aider. Aie pitié de mon malheur, ne me laisse pas seule, accueille-moi à Athènes lorsque Créon me chassera. En échange, je te promets de mettre mes pouvoirs magiques à ton service pour te faire avoir un fils.

Égée accepte alors le marché et ils scellent leur accord par un serment solennel devant la Terre, le Soleil et tous les dieux réunis.

Assurée de sa sécurité, Médée peut alors préparer sa vengeance. Elle envoie ses fils auprès de la jeune fiancée, sous prétexte de lui demander son appui.

– Persuade Créon de garder les enfants auprès de leur père, de ne pas les laisser partir sur une terre hostile. Ils sont si petits !

Pour l'attendrir, ils lui apportent un présent divin : un voile irisé, si léger qu'il en est presque transparent, et une couronne d'or ciselé. Ce sont des cadeaux que son grand-père, le dieu-Soleil, avait faits jadis à Médée. Aucune femme ne pourrait y résister. Sous le charme, la jeune fille promet son appui aux enfants et, dès qu'ils sont partis, elle n'a qu'une envie, essayer sa nouvelle parure. Elle n'a jamais rien vu d'aussi joli et compte bien la porter à son mariage. Elle pose la couronne sur ses boucles blondes, se drape dans le voile et sourit à son image dans le miroir. Soudain son sourire se fait grimace. Elle change de couleur et tremble de tous ses membres. Elle pousse des gémissements puis des cris de douleur. C'est que la couronne lance des flammes qui la brûlent et que le voile si fin ronge sa tendre chair. Elle se débat, tente d'arracher la couronne mais rien n'y fait. C'est une lutte affreuse. Son père qui tente de la secourir est pris au piège à son tour. Il ne reste bientôt d'eux qu'un petit tas de cendres.

Mais Médée ne veut pas s'arrêter là. Elle souhaite que son mari souffre dans ce qui lui reste de plus cher. Tant pis si elle aussi traîne une vie de peine et de chagrin. Elle prend ses enfants dans ses bras, les embrasse avec violence. Elle hésite maintenant mais sa haine de Jason est la plus forte.

– Oublie tes fils, se dit-elle, tu les pleureras plus tard.

Elle saisit une épée et la plonge dans la poitrine de ses fils. Jason, qui arrive du palais, prêt à punir Médée pour le meurtre du roi et de sa fille, s'arrête, saisi d'effroi.

– Monstre, qu'as-tu fait ? D'abord ma fiancée, puis mes chers fils ? Tu n'es pas une femme, tu es plus sauvage qu'une lionne !

– J'en aurais long à dire là-dessus ! Tu m'as trahie et tu

jouirais tranquillement de ton mariage et de nos enfants, tandis que je me morfondrais, seule, en exil? J'ai rendu coup pour coup!

– Laisse-moi au moins les embrasser une dernière fois. Mes chers petits!

– Tes «chers petits»! Mais t'es-tu soucié de leur destin avant de leur donner une marâtre[1]? Tu ne les toucheras pas. Tu nous a abandonnés; les dieux savent qui de nous deux a commis le pire des crimes.

Et emmenant les corps de ses malheureux enfants, Médée s'envole vers Athènes, dans un char tiré par des serpents ailés, et laisse Jason seul avec ses regrets.

---

1. C'est-à-dire une belle-mère.

Minos

La naissance de Minos

La belle Europe se divertissait avec ses compagnes sur la plage de Tyr[1], quand Zeus la vit et en tomba amoureux fou. Pour l'approcher, il prit l'apparence d'un taureau blanc et se coucha à ses pieds. Le premier réflexe de la jeune fille fut de se sauver puis, voyant que l'animal était aussi doux qu'un agneau, elle s'approcha de lui et lui flatta l'encolure. Il la regardait avec des yeux tendres. Les jeunes filles le couronnèrent de fleurs et Europe s'enhardit jusqu'à s'asseoir sur le dos de l'animal. Ses amies tentèrent bien de l'en empêcher mais, trop tard ! L'animal se leva et l'emporta à la nage jusqu'en Crète. Le père d'Europe envoya aussitôt ses trois fils à la recherche de leur sœur, leur interdisant de revenir tant qu'ils ne l'auraient pas retrouvée. Ce fut peine perdue : Zeus l'avait bien cachée.

Zeus eut trois fils d'Europe. Minos était l'aîné. Son père aurait voulu qu'il soit immortel mais les Moires[2], déesses qui filent le destin des hommes, lui refusèrent cette faveur. Et même Zeus devait s'incliner devant leur décision. Mais il montra toujours de la bienveillance pour son fils. Quelques années plus tard, Zeus offrit à Europe trois présents magiques : un géant de bronze qui garde les côtes crétoises, un chien qui ne laisse échapper aucune proie et un épieu qui

---

[1] Tyr était une cité phénicienne, bâtie sur une île de la Méditerranée et reliée à la terre par une digue. La Phénicie correspond à peu près aujourd'hui au Liban.
[2] Voir la note p. 19.

ne manque jamais son but, et la maria au roi de Crète, qui éleva les trois garçons comme ses fils.

Un puissant roi de Crète

Quand son père adoptif meurt, Minos doit lui succéder. Mais avant de lui accorder le trône, les Crétois veulent tester sa puissance. Que peut-il faire, lui qui se dit fils de Zeus ? Il élève donc un autel à Poséidon, prépare un sacrifice et demande au dieu de faire surgir de la mer un taureau. Et Poséidon exauce son souhait. Aussitôt on voit nager vers le rivage un superbe taureau d'un blanc pur, l'animal parfait pour un sacrifice à un dieu de l'Olympe. Minos est aussitôt proclamé roi par les Crétois mais il commet un grave sacrilège. Ébloui par la beauté de l'animal, il veut le garder pour lui et le fait conduire dans ses pâturages, sacrifiant un autre taureau, plus ordinaire. Mal lui en prend car les dieux ne pardonnent pas ce genre de faute et Poséidon se vengera, un jour ou l'autre.

Au début de son règne tout semble réussir à Minos. Son pays est très puissant et domine les autres cités de Grèce. Il conquiert de nouveaux territoires et jouit d'une bonne renommée car il a réussi à débarrasser la Méditerranée des pirates qui rendaient le commerce difficile. Aidé de Zeus, son père, il donne à son peuple des lois justes. Il reste un modèle pour tous les Grecs.

Il épouse Pasiphaé, fille d'Hélios, le dieu-Soleil. Pasiphaé lui donnera de nombreux enfants mais elle devra auparavant subir la punition de Poséidon. Pasiphaé tombe amoureuse du taureau blanc !

Le Minotaure   Elle le désire au point de vouloir s'unir à lui. Elle confie cette passion extraordinaire à Dédale, un célèbre artisan d'Athènes exilé en Crète à cause d'un meurtre. C'est un forgeron très habile, instruit par Athéna elle-même. On le connaît dans toute la Grèce pour ses inventions les plus diverses. Il passe aussi pour l'inventeur des arts, de la sculpture et de l'architecture. Mais ses succès ne l'avaient pas empêché d'être jaloux quand son jeune apprenti – d'ailleurs son neveu – de douze ans avait inventé le compas et, en observant une arête de poisson, la scie. Il avait attiré le jeune garçon sur le toit d'un temple, sous prétexte de réparations, et l'avait précipité par terre. Mais il avait été surpris tandis qu'il transportait le corps dans un sac pour l'enterrer discrètement et voilà pourquoi Dédale a dû fuir sa chère Athènes et se languit en Crète.

A qui d'autre faire appel qu'à ce génie, pour satisfaire le désir de la reine ? Il lui fabrique une vache creuse, qu'il recouvre de la peau d'une vache véritable. La reine peut se glisser à l'intérieur de la bête par une trappe. On place l'engin sur des roues et on le roule jusqu'au pré où paît le taureau de Poséidon. Il s'accouple à la vache et, neuf mois plus tard, la reine met au monde un enfant. Mais c'est un monstre pourvu d'un corps humain et d'une tête de taureau : le Minotaure.

Pour savoir comment cacher cette honte, Minos consulte un oracle : il lui est conseillé de faire appel une fois encore à l'ingéniosité de Dédale. Pour enfermer le Minotaure, l'inventeur construit un labyrinthe C'est une construction à ciel ouvert, comportant un tel enchevêtrement de couloirs qu'il est impossible d'en sortir. Et, pour que le secret soit gardé,

Minos enferme Dédale et son fils Icare dans cette véritable forteresse.

La chute d'Icare Dédale cherche un moyen de sortir du labyrinthe.

– Minos peut bien m'enfermer dans cette île et bloquer les chemins de la mer avec son géant de métal ! Il a beau être maître de toute la Crète, il n'est pas maître des airs !

Qu'a-t-il à sa disposition ? Peu de choses : des plumes que perdent les mouettes en volant, la cire des abeilles qui se sont installées dans les recoins du labyrinthe. Voilà les matériaux avec lesquels il fabrique deux paires d'ailes : il recueille soigneusement les plumes, les range selon leur taille et les fixe avec de la cire. Il observe le vol des oiseaux et enseigne à son fils comment battre des ailes. Il le prévient aussi :

Ne t'approche pas trop du soleil car ses rayons feront fondre la cire de tes ailes. Mais ne reste pas non plus trop près de la mer, l'eau les mouillerait et les alourdirait. Tu risquerais de te noyer. Prends-moi pour guide.

Mais Icare, tout à la joie de voler, ne l'écoute pas.

L'homme et l'enfant s'élancent au-dessus des bergers et des laboureurs qui les prennent pour des dieux. Ils laissent loin derrière eux les navires de Minos lancés à leur poursuite. Ils ont déjà dépassé de nombreuses îles quand l'enfant, étourdi de plaisir, se met à faire des acrobaties et à se rapprocher dangereusement du soleil. Quand son père, anxieux comme un oiseau au premier vol de son oisillon, se retourne, il est trop tard ; la cire a fondu au soleil et, sans l'appui de ses ailes, Icare tombe dans la mer. Le malheureux Dédale l'appelle :

– Icare, Icare, où es-tu, mon enfant ?

Mais seules quelques plumes surnagent à la surface de la mer si calme. Dédale poursuit sa fuite jusqu'en Italie où il passera le reste de sa vie à pleurer son fils.

Les infidélités de Minos

S'il eut avec Pasiphaé de nombreux enfants, Minos ne lui fut pas toujours fidèle. Elle trouva un sortilège plutôt féroce pour s'assurer de la fidélité de son époux. Chaque fois qu'il allait la tromper, de son sexe grouillaient serpents, scorpions et scolopendres qui piquaient ou mordaient cruellement sa maîtresse. Il fut délivré de cette malédiction par Procris, la fille du roi d'Athènes Érechthée. Cette jolie femme avait été délaissée par son mari car elle lui avait été infidèle par cupidité. Minos s'en éprit et lui promit son chien qui ne lâche jamais sa proie et son épieu qui ne manque jamais sa cible en échange de ses faveurs. Comme la dame aimait la chasse, elle se laissa rapidement séduire. Mais avant de lui céder, comme elle était effrayée par les animaux inquiétants qu'il produisait, elle fit prendre au roi une potion qu'elle tenait d'une magicienne. Il guérit.

La résurrection de Glaucos

Minos et Pasiphaé eurent six enfants. L'un d'eux, Glaucos, jouait à la balle à Cnossos, dans le palais de ses parents, quand il disparut. Tous le cherchèrent, ses parents, ses frères et sœurs, les esclaves... en vain. Il restait introuvable. Polyidos, le meilleur devin de Crète, fut chargé de le rechercher. Il parcourait toutes les pièces de l'immense palais quand soudain une chouette se posa devant un cellier et s'attaqua à un essaim d'abeilles. « C'est un signe des dieux », pensa-t-il.

Il entre dans le cellier et trouve le pauvre petit, noyé dans une jarre de miel. Il va annoncer cette nouvelle à Minos.

– Tu l'as trouvé, dit le roi. C'est bien ! Maintenant tu vas le ramener à la vie.

– Mais, puissant roi, je suis devin, rien d'autre. Seul Asclépios[1] sait ressusciter les morts.

– Ne discute pas mes ordres, reprend le roi. Je t'enfermerai dans un tombeau avec le corps de mon fils jusqu'à ce que tu me le ramènes sain et sauf.

Le devin se plaint amèrement dans l'obscurité du tombeau :

– Enfermé dans le noir avec un cadavre ! Bientôt je serai comme lui. Ah, malgré toute ma science, je n'ai pas été capable de prévoir ma triste fin !

A ce moment, il entend un froissement. Il cherche dans l'ombre et, ses yeux s'étant habitués à l'obscurité, il distingue un serpent qui se faufile vers le corps de l'enfant. Avec son épée, il tranche le serpent en deux puis se replonge dans ses lamentations. Quelques instants plus tard, un deuxième serpent rampe vers son compagnon tué, le regarde puis repart. Polyidos est intrigué. Bientôt il voit revenir le reptile qui tient dans sa bouche une herbe. Il la pose sur le corps de l'autre. Et, au grand effarement du devin, le serpent reprend vie. Dans un réflexe, l'homme se saisit de l'herbe et la pose sur le cadavre de Glaucos. L'enfant semble s'éveiller. Il ne leur reste plus qu'à appeler jusqu'à ce qu'on les délivre et ils retrouvent Minos, fou de joie.

---

1. Voir la note p. 85.

L'expédition contre Athènes

Minos continuait à étendre son territoire. Et il s'attaqua à Athènes.

Un des fils de Minos, Androgée, avait été vainqueur aux jeux donnés en l'honneur de la déesse Athéna et les Athéniens, jaloux de sa victoire, l'avaient assassiné. Fou de rage et de chagrin, Minos avait armé ses bateaux de guerre pour attaquer la cité.

Pour se faire la main, il dévasta d'abord la côte. Mais, depuis six mois, il restait bloqué devant les remparts de Mégare. Son roi, Nisos, était vénéré par le peuple. En effet, un cheveu de pourpre, qui se cachait dans sa chevelure blanche, le rendait invincible et immortel. Par orgueil, Minos ne voulait pas laisser cette cité invaincue.

Dans les murailles de la ville est bâtie une tour du haut de laquelle Scylla, la fille du roi vient regarder les combats. Comme la guerre traîne en longueur, elle connaît bientôt tous les héros, alliés comme ennemis. Elle se prend d'admiration pour Minos qui a fière allure avec ses armes étincelantes. Elle en devient même si amoureuse qu'elle décide de partir avec lui. « Comment faire pour sortir de la ville? Il y a des gardes partout. Et d'ailleurs voudra-t-il de moi? Il faudrait que je lui offre quelque chose... Pour qu'il m'aime, je me sens l'audace de traverser les flammes... Mais suis-je bête! Pas besoin de flammes, il suffit de lui apporter le cheveu de pourpre de mon père, la victoire sera à lui et il m'en sera tellement reconnaissant qu'il m'emmènera avec lui. »

Scylla a beau savoir que la vie de son père tient à ce cheveu de pourpre, elle s'en moque. Dans la nuit, elle se glisse dans la chambre où son père dort profondément et lui arrache ce cheveu auquel est attaché son destin. Elle profite de la fatigue des gardes, après une dure journée de combats, et se glisse jusqu'au camp de Minos, sur la plage. Conduite devant lui, elle se nomme et lui tend le cheveu de pourpre en lui annonçant triomphalement :

– Ce n'est pas un simple cheveu que je te donne mais la victoire et la vie de mon père. Minos, je t'aime ! Comme récompense, emmène-moi avec toi en Crète.

– T'emmener avec moi ? Mais, fille dénaturée, tu es la honte de ton pays, répond-il horrifié. Je ne supporterai pas que la Crète soit souillée par un monstre tel que toi. Que les dieux te chassent ! Que la terre et la mer refusent de t'accueillir.

Ces nobles paroles n'empêchent pas Minos de prendre la ville mais, après sa victoire, c'est sans la jeune fille qu'il part sur ses vaisseaux lourds de butin. Elle reste sur le rivage, se tordant les mains de rage.

– Où t'en vas-tu, cruel, toi que j'ai préféré à ma patrie, à mon père ? Je ne peux pas rester ici. Tout le monde va me détester, maintenant que mon père est mort par ma faute ! Je ne veux pas qu'on se réjouisse de mes malheurs.

Avec l'énergie du désespoir, Scylla se jette à l'eau et, pour suivre son bien-aimé, s'accroche aux cordages qui traînent dans le sillage du bateau. Mais, quand son père la voit du haut des airs, car pour l'honorer les dieux venaient de le changer en aigle des mers, il fond sur la traîtresse et la déchire de son bec et de ses serres. La malheureuse est obligée de lâcher prise mais elle ne se noie pas. Les dieux la métamorphosent en aigrette, un petit oiseau qui porte sur la tête une plume, comme un long cheveu, en souvenir de son crime.

Peu de temps après, Minos assiège Athènes mais ne réussit

pas à prendre la ville. Ses troupes campent au pied des remparts. Le siège dure si longtemps que le roi est pris d'impatience. Aussi fait-il cette prière à Zeus :

– Ô Zeus, mon père tout-puissant, puisque je suis incapable de conquérir cette cité, donne-moi un moyen de venger mon fils Androgée.

Alors Zeus l'écoute et fait trembler la terre. Malgré les sacrifices, les séismes ne cessent pas. Les temples, les maisons, les fermes, tout s'écroule et les morts ne se comptent plus. Les Athéniens consultent l'oracle de Delphes, qui leur conseille de se plier aux exigences de Minos. C'est pourquoi ils devront lui livrer, tous les neuf ans, sept jeunes gens et sept jeunes filles pour que le Minotaure les dévore. Et Athènes paiera ce tribut à la Crète jusqu'à ce que Thésée l'en délivre.

La mort de Minos

Le puissant roi de Crète n'avait pas oublié la fuite de Dédale. Il ne pouvait tolérer qu'on désobéisse à ses ordres. Aussi, dès que son gouvernement et ses expéditions guerrières lui en laissaient le temps, armait-il des bateaux pour partir à sa recherche.

Cette fois-là, il était parti vers la Sicile. Il avait emporté avec lui comme appât… une coquille d'escargot ! Il promettait une récompense à qui serait capable d'y faire passer un fil. C'était, pensait-il, un défi que Dédale ne pourrait manquer de relever. Il allait de port en port sans que personne ne réussisse. Un certain Cocalos, poussé par la cupidité, prétendit y arriver et alla trouver Dédale qui se cachait chez lui. L'ingénieux artisan trouva vite une solution. Avec un tout petit poinçon, il perça d'abord un petit trou à la pointe de la coquille. Puis il fit couler du miel dans le trou. Il attacha un fil très fin autour d'une fourmi et la fit entrer dans la coquille. Attirée par le miel, elle suivit tous les détours de la coquille jusqu'au trou qui lui permit de ressortir. Il fallait y penser, mais seul Dédale en était capable.

Cocalos retourna voir Minos pour toucher le prix mais, à la place, il fut menacé des pires sévices s'il n'indiquait pas où se cachait Dédale. Terrorisé, Cocalos emmena chez lui le puissant roi de Crète. Il le reçut dignement et lui offrit un bain pour se délasser des fatigues du voyage. Mais Dédale, faisant passer un tuyau dans le plafond, au-dessus de la baignoire, fit couler sur le roi de la poix fondue qui l'ébouillanta.

Son corps fut renvoyé en Crète. Pour éviter les représailles, les Siciliens, prudents, dirent qu'il avait glissé et était tombé dans l'eau bouillante. Après sa mort, Zeus son père lui confia le tribunal des Enfers. En compagnie de son frère Rhadamanthe et d'un autre mortel Éaque, il juge les âmes et décide des récompenses et des châtiments.

Thésée

Enfance Les descendants d'Érechthée, premier roi d'Athènes, étaient nombreux. Parmi eux, son petit-fils Égée avait conquis le pouvoir mais il était menacé par les complots incessants de frères, d'oncles ou de cousins qui souhaitaient prendre sa place. Il aurait eu bien besoin d'un héritier pour assurer son autorité. Or il ne pouvait avoir d'enfant. Comme tous les Grecs en difficulté, il alla consulter l'oracle de Delphes. Mais il s'en revint fort déconfit car l'oracle était obscur. A son retour, il s'arrêta à Corinthe et rencontra la sorcière Médée à qui il confia son problème. Médée venait d'être abandonnée par son époux Jason et proposa un marché au roi d'Athènes :

– Écoute, cher Égée, mon mari me répudie et mes talents de sorcière me font beaucoup d'ennemis. Si tu m'accordes ton hospitalité et ta protection, en échange, je te promets de mettre la magie à ton service pour que tu puisses être père.

– J'en fais serment devant les dieux tout-puissants, Athènes sera ton asile, dès que tu le désireras.

Quelque temps après, Médée s'enfuit de Corinthe et se réfugia à Athènes. Elle prépara un stratagème pour rendre Égée père.

Égée se rendit à Trézène dans le Péloponnèse. Le roi de Trézène, Pittée, désolé de voir sa fille sans mari et influencé par les enchantements de Médée, enivra Égée et le mit dans le lit de sa fille. La même nuit, Poséidon s'unit à elle mais ne disputa pas la paternité de l'enfant à naître à Égée. Par crainte des représailles de sa famille, Égée demanda au roi de Trézène :

– Si par hasard un fils m'est donné, qu'il soit élevé en secret à Trézène. A son intention, je vais cacher sous un rocher mon épée et mes sandales. Quand il sera grand, il pourra, s'il en a la force et le courage, les récupérer et venir me retrouver à Athènes.

L'enfant qui naquit fut appelé Thésée et fut élevé par son grand-père. Le secret de sa naissance fut bien gardé, même Égée n'en fut pas averti. L'enfant montra très vite de bonnes dispositions. A sept ans, alors qu'il rentrait au palais avec des camarades de jeu, il aperçut la peau du lion de Némée qu'Héraclès en visite avait négligemment jetée sur un siège. Les enfants crurent se trouver en face d'un lion vivant et s'enfuirent, affolés. Thésée, lui, saisit une hache et s'avança seul pour affronter le fauve.

Un enfant si courageux n'eut aucun mal à récupérer les armes de son père, quand on lui apprit les circonstances de sa naissance. Il partit aussitôt le retrouver à Athènes mais refusa de prendre la mer. Les supplications de sa mère n'y firent rien.

– La campagne est infestée de monstres qui effraient paysans et voyageurs, lui répondit-il. Je veux les détruire ! Mon cousin Héraclès a purgé la terre de bien des calamités. Je suis capable d'en faire autant et je veux que tous le sachent.

Les travaux de Thésée

Pour remonter à Athènes, Thésée prend la route de la côte. Des bandits à exterminer, il n'en manque pas ! Déjà à Épidaure, il affronte un fils d'Héphaïstos : Périphétès, le boiteux, qui attaque et tue les voyageurs avec une énorme massue de bronze. Thésée réussit à lui arracher sa massue des mains et à l'en frapper. Il le tue et le dépouille de son arme qu'il a trouvée très commode.

Pour aller du Péloponnèse en Attique, il faut passer obligatoirement par l'isthme de Corinthe[1]. Mais là s'est installé Sinis qui fait un très cruel usage de sa force prodigieuse. Quand passe un voyageur, il saisit un pin, amène sa cime jusqu'à terre et, demandant de l'aide, s'amuse à tout lâcher brusquement pour l'envoyer dans les airs ou, comble de raffinement, il l'attache à deux arbres qu'il libère ensuite, si bien que ses victimes meurent écartelées. Il veut prendre Thésée à son jeu.

– Tu as l'air vigoureux, voyageur. Aide-moi donc à amener vers le sol la cime de cet arbre qui est trop lourd pour moi. Je veux fabriquer un piège pour chasser.

– Avec plaisir ! répond Thésée.

Mais il n'est pas dupe. Il a compris à quel « gibier » est destiné le piège. Quand Sinis lâche le pin que Thésée tenait avec lui, le héros sait retenir l'arbre et c'est Sinis qui se retrouve projeté en l'air et qui périt misérablement en se fracassant les os sur le sol. Thésée entend alors un froissement dans les joncs qui bordent l'étang voisin. C'est la fille du bandit qui tente de se cacher. Quand Thésée lui promet de ne pas lui faire de mal, elle accepte de sortir de sa cachette. Loin d'en vouloir au beau jeune homme du meurtre de son horrible père, elle s'éprend de lui. Un enfant naîtra de cette aventure.

Thésée poursuit son voyage jusqu'au village suivant. Là, les paysans sont terrorisés par une énorme truie blanche qui ravage les cultures, s'attaque aux bergers, aux brebis et aux

---

[1] L'isthme de Corinthe est une langue de terre resserrée entre la mer Égée et la mer Ionienne. Il relie la Grèce continentale au Péloponnèse.

agneaux. Même les taureaux et les molosses les plus belliqueux ne peuvent rien contre cet ennemi redoutable. Pourtant, armé de sa massue, de l'épée de son père et d'un javelot, Thésée la pourchasse et la tue. Ainsi les paysans peuvent-ils se remettre aux travaux agricoles sans crainte.

Près de Mégare aux solides murailles, des rochers escarpés servent de retraite à un bandit qui force les voyageurs à lui laver les pieds. Pendant qu'ils s'exécutent, courbés devant lui, il les précipite du haut de la falaise vers la mer où une énorme tortue marine attend pour les dévorer.

– Rends-moi hommage, étranger, crie-t-il à Thésée, lave et essuie les pieds du maître de la région !

Thésée refuse cette tâche humiliante et d'un seul mouvement le soulève de son rocher puis le jette à la mer. On dit qu'elle ne voulut pas donner asile à un si grand criminel et qu'il fut transformé en un rocher sans cesse balayé par le vent.

Plus loin à Éleusis se trouve un temple de Déméter, habituellement très honoré. Mais la déesse est mécontente car les fidèles ne peuvent plus le fréquenter pour pratiquer les mystères sacrés : un fils d'Héphaïstos défie les passants à la lutte et les étouffe. Thésée, qui est expert dans toute forme de combat, l'attrape par les genoux, le soulève et, sous le regard ravi de Déméter, lui fracasse le crâne contre le sol. Ce terrain de lutte est encore visible près du temple d'Éleusis.

Enfin, avant d'arriver à Athènes, le héros doit encore se mesurer à un bandit particulièrement inventif : Procruste. Dans sa maison près de la route, il y a deux lits, l'un grand et l'autre petit. Selon la tradition grecque, il offre l'hospitalité aux voyageurs mais, au moment de les coucher, il donne le lit trop petit aux hommes de grande taille et leur scie les membres qui dépassent. En revanche, aux hôtes de petite taille, il propose le grand lit et leur arrache les membres en prétendant les étirer pour les adapter à leur couchette. Bien entendu, Thésée est plus fort que lui et lui fait subir le sort de ses victimes.

Retrouvailles Par sa force, sa vaillance et son habileté, le fils d'Égée avait rendue praticable la route du sud mais ses épreuves étaient loin d'être terminées. Tandis que l'enfant grandissait à Trézène, son père, dans sa cité d'Athènes, avait épousé la sorcière Médée et avait eu d'elle un fils. Thésée se retrouvait donc face à une redoutable belle-mère, jalouse, qui ferait tout pour défendre les droits de son enfant.

Quand Thésée arriva à Athènes, son père, qui ne le connaissait pas, ne put deviner qu'il se trouvait face à son fils aîné. Médée, elle, comprit tout de suite le danger. Elle envoûta le vieillard avec un des charmes qu'elle préparait en secret puis lui murmura :

– Ce jeune homme fait trop bonne impression, il ne m'inspire pas confiance. Il doit être envoyé par une cité rivale pour te nuire.

Ainsi Égée fut-il persuadé de se trouver face à un espion étranger. Médée prépara un poison avec de l'aconit, une plante qu'elle avait apportée de son pays natal et qui était née, disait-on, de la bave de Cerbère. Sur les conseils de sa perfide épouse, Égée prit le breuvage mortel et l'offrit au jeune étranger.

Ignorant du danger, Thésée approchait la coupe de sa

bouche, quand ce mouvement dégagea la poignée d'ivoire de l'épée qu'il portait au côté. Égée la vit et reconnut, aux serpents qui y étaient gravés, l'emblème de sa famille. C'était son épée ! L'enchantement fut rompu et il comprit que le jeune homme était son fils. D'un geste rapide, il écarta la coupe qui se brisa sur le sol. Les deux hommes tombèrent dans les bras l'un de l'autre. Égée se retourna vers sa femme.

– Chienne, cria-t-il, tu m'as trahi, tu vas mourir de ma main !

Mais Médée s'enveloppa dans un nuage et, en s'enfuyant avec son jeune fils sur un char ailé, échappa à la mort. Pour remercier les dieux d'avoir évité ce crime sacrilège, les Athéniens leur offrirent de nombreux sacrifices.

Quelque temps après, les paysans de Marathon vinrent se plaindre qu'un énorme taureau blanc dévastait leurs champs. Il s'agissait d'un animal divin qu'Héraclès avait ramené de Crète. Il était magnifique, puissant mais ses naseaux crachaient des flammes et il avait déjà tué des centaines d'hommes en Attique. Égée demanda donc à son fils de les débarrasser de ce fléau. Sans craindre les brûlures, Thésée attrapa le taureau par les cornes et le traîna jusqu'à l'Acropole d'Athènes où l'animal fut sacrifié à la déesse Athéna, protectrice de la ville.

Puis Thésée aida son père à affirmer son pouvoir en le débarrassant de son frère et de ses cinquante neveux qui visaient le trône depuis longtemps. Ils s'étaient révoltés ouvertement au retour de Thésée qu'ils considéraient comme un va-nu-pieds et un usurpateur. Mais le héros sut les vaincre tant par sa ruse que par sa valeur militaire. Il n'était donc pas seulement courageux, il se montrait aussi capable de régner et aurait pu rester tranquillement auprès de son père, s'il n'y avait pas eu le tribut à payer au roi de Crète, Minos.

Thésée et le Minotaure

Égée ne goûte pas le bonheur d'avoir son fils sous son toit car vient l'année où il doit, comme tous les neuf ans, offrir au Minotaure sept jeunes gens et sept jeunes filles. Il explique à Thésée comment, à la suite de la défaite d'Athènes, Minos réclame un lot de chair humaine.

Deux fois déjà, Égée a payé le tribut à la Crète. Pour la troisième fois, il doit, l'amertume au cœur, tirer au sort les sept jeunes gens et les sept jeunes filles promis à une mort atroce. Mais Thésée est révolté par cette situation et pense qu'il faut en finir avec le monstre.

– Père, il est indigne d'Athènes de continuer à accepter ce marché ; nous devons nous débarrasser du Minotaure. Je t'en prie, laisse-moi aller le combattre.

– Mais, mon fils, tu risques ta vie ; je viens de te retrouver, je ne veux pas te perdre.

Tu connais ma valeur, je l'ai déjà prouvée. Ne t'inquiète pas, je serai vainqueur car les dieux me soutiendront.

– Thésée, je t'en prie, ne fais pas cela !

– Père, tu es le roi ! Tes sujets comptent sur ta protection. Moi aussi, ton héritier, j'ai des devoirs envers eux. Je ne peux plus supporter leur peine et leur inquiétude. Je t'en supplie, père, laisse-moi partir.

La mort dans l'âme, le vieux roi se laisse fléchir. On prépare le navire où seront embarqués les jeunes gens et, en signe de deuil, on installe une voile noire. Quand Thésée prend place sur le navire, son père lui remet une voile blanche et lui fait ses dernières recommandations :

– Prends cette voile blanche, mon fils, et hisse-la si tu reviens vainqueur. Je vais faire des sacrifices aux dieux et prier pour ton retour.

Égée s'inquiète mais Thésée a confiance.

Quand le navire arrive en Crète quelques jours plus tard, les victimes sont accueillies sur le port par Minos et sa famille. Parmi eux se trouve Ariane, sa fille. Elle ne peut détacher son regard du héros athénien. Thésée se présente comme le fils de Poséidon. Cela amuse Minos qui s'écrie :

– Eh bien ! Prouve-le. Demande-lui de me rapporter cet anneau.

Et il jette sa bague à la mer. Aussitôt Thésée plonge et une troupe de dauphins l'escorte au palais sous-marin des Néréides[1], où Thétis lui remet non seulement l'anneau de Minos, mais aussi une couronne qu'Aphrodite lui avait donnée. Dès qu'Ariane voit le jeune homme sortir de l'eau triomphant, les bijoux à la main, c'est le coup de foudre.

– Je t'aiderai à trouver mon frère, le Minotaure, lui dit-elle en cachette, si tu acceptes de me prendre pour épouse et de m'emmener à Athènes.

Le héros accepte et lui fait le serment solennel de l'épouser. Il lui offre même en gage la couronne de Thétis. La nuit venue, après le festin donné par Minos aux Grecs, Ariane confie à Thésée un peloton de fil.

– Tu dois attacher le fil à la porte d'entrée du labyrinthe et le dérouler jusqu'à ce que tu aies trouvé mon frère. Quand tu

[1] Voir la note p. 28.

le tueras, n'oublie pas de le sacrifier à Poséidon. Pour revenir sur tes pas, tu n'auras qu'à enrouler le fil jusqu'à la sortie.

Thésée suit ces instructions à la lettre. On ne sait pas comment il est venu à bout du monstre : grâce à son épée, à sa massue ou à mains nues ? En tout cas, il est revenu vivant. Les autres Athéniens sont délivrés aussitôt et, accompagnés d'Ariane, tous se dirigent vers le vaisseau et bientôt ils hissent la voile vers la haute mer.

Ariane Le navire de Thésée aborde à l'île de Naxos. Comme la nuit tombe, les Grecs montent le camp sur la plage. Ariane s'endort, confiante, auprès de son héros. Mais à la faveur de la nuit, Thésée et ses compagnons l'abandonnent sans pitié sur le rivage désert et reprennent la mer. Qu'est-ce qui a pu pousser Thésée à rompre son serment sacré ? Aucun Grec n'aurait pu imaginer un tel sacrilège. Était-ce l'antique malédiction qu'Aphrodite avait jetée sur Hélios, le dieu-Soleil et sa descendance parce qu'il avait révélé les amours de la déesse et de son amant Arès ? Était-ce l'intervention de Dionysos, séduit par la beauté de la jeune princesse ? Il aurait envoyé un songe à Thésée, le poussant à partir pour lui laisser le champ libre ! Ou bien tout simplement le héros aurait succombé au charme de Phèdre, la jeune sœur d'Ariane, qu'il retourna immédiatement chercher en Crète au mépris du danger.

Quand Ariane se retrouva seule sur son rocher et qu'elle vit le navire disparaître à l'horizon, elle se mit à sangloter. Puis sa tristesse se changea en haine devant la trahison de son amant et elle lança des menaces et des imprécations : elle demanda à Zeus, son grand-père, de punir l'infidèle.

Mais que devint Ariane, seule sur son île ? Certains prétendent qu'elle y mourut, mais d'autres disent que le dieu Dionysos ému par la jeune fille lui porta secours. Il en fit son épouse et elle lui donna de beaux enfants. Pour l'honorer, il lança au ciel la couronne de Thétis que Thésée n'avait pas osé lui reprendre. En s'envolant dans les airs, ses pierreries se transformèrent en étoiles et formèrent une constellation qui brille encore.

Mais les menaces d'Ariane ne restèrent pas sans effet et elle fut bientôt vengée. Voici comment Zeus punit le héros sacrilège : revenant de Crète, tout à la joie de sa victoire ou de ses nouvelles amours, Thésée oublia de changer la voile de son navire. Quand son père, Égée, qui l'attendait tous les jours en scrutant l'horizon vit la forme du navire se dessiner au loin, il fut pris d'une terrible angoisse. Et lorsqu'il put enfin discerner la couleur de la voile – elle était noire – il ne résista pas à la douleur, se jeta dans la mer et s'y noya. A la suite de quoi, la mer fut appelée mer Égée. Thésée, par son étourderie, avait commis un parricide.

Phèdre et Hippolyte

Un autre homme attendait Thésée, son fils Hippolyte. C'était un superbe jeune homme, fils d'une Amazone. Sur les rives orientales de la mer Noire, le Pont-Euxin comme l'appelaient les Grecs, vivait une peuplade de femmes guerrières qui, disait-on avec inquiétude, se coupaient un sein afin de mieux tirer à l'arc. Ces femmes hors du commun vivaient entre elles et refusaient tout contact avec les hommes. Thésée avait participé, quelques années auparavant, à l'expédition d'Héraclès contre les Amazones et, après la victoire, cette femme lui avait été accordée comme part de butin ou peut-être avait-elle, elle aussi, cédé au charme irrésistible du héros.

Hippolyte était un excellent dompteur de chevaux. Il s'était consacré au culte de la chaste Artémis et, comme la déesse, n'aimait rien plus que la chasse. Il se plaisait plus à l'ombre des sous-bois que dans le palais de son père ou de son grand-père Pittée à Trézène. Les femmes ne l'intéressaient pas. Voilà un affront qu'Aphrodite, la déesse de l'Amour, ne pouvait tolérer. Elle avait décidé de le punir. Et puisque Phèdre, comme sa sœur et sa mère, était elle aussi poursuivie par la malédiction de la déesse, leur châtiment viendrait l'un de l'autre.

Dès que Phèdre voit le jeune homme, vêtu de blanc et couronné de fleurs, lors d'une cérémonie religieuse, l'émotion la submerge. Un seul regard a suffi pour qu'elle tombe éperdument amoureuse. Pendant longtemps elle garde cet amour secret mais elle dépérit, ne mange ni ne dort plus. Elle essaie de le cacher sous l'apparence de la haine. Pour éviter celle qu'il prend pour une belle-mère jalouse, Hippolyte retourne à Trézène chez Pittée, son grand-père, qui en a fait son héritier. Lors d'une absence de Thésée, parti aux Enfers aider son ami Pirithoos qui voulait enlever la déesse Perséphone à son divin époux, Phèdre part à Trézène profiter de la présence d'Hippolyte. Elle fait même construire près du stade où s'entraînent les jeunes athlètes un temple dans lequel elle vient se rassasier du spectacle du jeune homme. Cependant sa douleur ne fait qu'empirer.

Comme l'absence de Thésée se prolonge et que tout le monde le croit mort, Phèdre n'y tient plus. Elle finit par parler de son amour coupable à sa vieille nourrice qui l'a suivie depuis la Crète. Celle-ci, croyant bien faire et convaincue, elle aussi, de la mort de Thésée, presse Phèdre de se déclarer. Après beaucoup d'hésitations, la jeune femme finit par se persuader que le conseil est bon et avoue son amour à son beau-fils. Elle donne comme argument que Thésée est volage, cruel avec les femmes qui l'aiment. Mais Hippolyte la repousse violemment : elle veut qu'il trahisse son père ? Non seulement c'est un adultère mais c'est aussi un inceste qu'elle lui propose froidement ! Lui qui ne s'intéresse pas aux femmes et qui admire tant son père ! Il s'enfuit, horrifié.

C'est alors que Thésée revient. Phèdre, en proie à la panique, est persuadée que le jeune homme va l'accuser. Elle préfère prendre les devants et prétend qu'Hippolyte a tenté de la violer. Il ne se défend pas car il refuse de ternir l'image que son père a de sa jeune épouse. Sans chercher plus loin, Thésée, furieux, lance contre son fils une terrible malédiction :

– Poséidon, mon père, débarrasse-moi de ce fils dénaturé ! Aujourd'hui même. Qu'il ne souille pas un jour de plus la terre de ses ancêtres ! Qu'il meure !

Sans se justifier, Hippolyte fuit la colère aveugle de son père. Sur son char, il a pris la route de la côte et longe des falaises. Soudain, envoyé par le dieu de la Mer, surgit dans une énorme lame de fond un monstre marin soufflant de l'eau par les narines et la gueule. Les chevaux affolés font un écart mais, habilement, le conducteur réussit à les remettre sur la route. Mais le monstre les poursuit et ils prennent le mors aux dents. Hippolyte aurait sans doute réussi à les contenir si ses rênes ne s'étaient pas accrochées aux branches d'un olivier. Son char est emporté et se fracasse sur la falaise.

Quant au malheureux jeune homme, il est traîné par ses chevaux fous et déchiqueté sur les cailloux de la chaussée.

A la nouvelle de sa mort, Phèdre se pend, non sans révéler la vérité à Thésée. Le roi est désespéré, mais il est trop tard. Les habitants de Trézène, qui aimaient beaucoup Hippolyte, prétendent que les dieux ont conduit le jeune homme dans les étoiles où il continue de conduire son char : c'est la constellation du Chariot.

Pirithoos et Thésée

Mais pourquoi un roi comme Thésée avait-il abandonné si longtemps sa jeune femme et le gouvernement d'Athènes? La cause en était son affection pour Pirithoos.

Thésée et Pirithoos, le roi des Lapithes, étaient amis de longue date. Le royaume de Pirithoos se trouvait au nord de celui de Thésée. Leur amitié avait commencé par une rivalité : Pirithoos, à qui l'on ne cessait de chanter les louanges de Thésée, voulut vérifier par lui-même son courage et sa force. Il décida donc de lui voler un troupeau que des bergers avaient mené paître dans la campagne près de Marathon. Thésée le pourchassa aussitôt, mais les deux hommes, au lieu de s'entretuer lors de cet affrontement, s'étaient appréciés et ainsi était née leur profonde affection.

Bien évidemment, lorsque Pirithoos se maria, il invita Thésée. C'était un grand mariage ! Il y avait des invités de marque : tous les dieux excepté Arès, le dieu de la Guerre, et Éris, déesse de la Discorde, sa sœur jumelle, qui se montraient toujours de très mauvais convives et s'amusaient à semer la zizanie dans les banquets. Parmi les hôtes de Pirithoos, on voyait aussi de nombreux princes grecs et ses cousins les Centaures, qui étaient venus de leurs cavernes du Pélion. Comme à l'accoutumée en ces occasions, le vin coulait à flots. Les Centaures, mi-hommes, mi-chevaux, assez frustes, ne buvaient pas de vin. On leur avait servi leur breuvage préféré : du lait caillé. Mais ce jour-là, quand ils sentirent le parfum du vin, ils voulurent y goûter. Ils ignoraient qu'il ne fallait boire cette boisson très alcoolisée que coupée d'eau[1]. Ils en consommèrent pur et en si grande quantité qu'ils ne tardèrent pas à être complètement ivres. Ils se jetèrent sur la mariée, puis sur toutes les femmes de l'assemblée et même sur les jeunes garçons. Les Grecs s'interposant, il s'ensuivit bien sûr une bataille meurtrière qui dégénéra en une longue guerre où s'illustra Thésée. Il fallut plusieurs années pour réussir à repousser les Centaures loin vers le nord de la Grèce, mais cet épisode scella l'amitié entre les deux rois.

Les deux hommes firent ensemble bien des folies. Ils enlevèrent Hélène, fille de Zeus et sœur des jumeaux Castor et Pollux. Bien qu'elle fût encore très jeune, à peine douze ans, elle avait déjà la réputation d'être la plus belle femme du monde. Ils la tirèrent au sort et c'est Thésée qui la gagna. En échange, il promit à son ami de l'aider à conquérir une autre fille de Zeus. Pour savoir laquelle, ils allèrent consulter l'oracle de Delphes qui leur répondit avec malice : « Vous n'avez qu'à descendre au Tartare et enlever Perséphone, la femme d'Hadès. »

Pirithoos prit cette réponse très au sérieux et réussit à

---

[1] Le vin grec, très alcoolisé, ne se buvait que coupé d'eau. On mélangeait les deux liquides dans des vases à deux anses qu'on appelait « cratères ». Ce mélange n'empêchait pas les hommes de s'enivrer lors des banquets.

vaincre la résistance de Thésée et à l'entraîner dans cette aventure. Ils descendirent donc aux Enfers par une entrée dérobée puisque le passeur Charon n'aurait jamais pris dans sa barque des êtres vivants. Hadès les reçut poliment et les pria de s'asseoir, mais c'était un piège. Le siège qu'il leur offrit s'incrusta immédiatement dans leur peau et ils ne pouvaient s'en lever sans se déchirer les chairs. Leurs tortures ne s'arrêtèrent pas là : des serpents les enserraient, les Furies les fouettaient et Cerbère les mordait.

Ce traitement dura quatre ans avant qu'Héraclès n'arrache littéralement Thésée à son siège. Il dut y employer toute sa force et l'Athénien y perdit une partie charnue de son anatomie. Pour Pirithoos, Hadès fut intraitable car c'était lui le principal coupable de cette tentative d'enlèvement. Il subit son supplice pour l'éternité.

La mort de Thésée

Thésée retrouva Athènes dans un tel état d'anarchie et de violence qu'il dut s'enfuir avec les enfants que Phèdre lui avait donnés. Il aborda à l'île de Scyros, pensant réclamer un territoire dont il avait hérité. Mais le roi de Scyros s'en considérait comme le propriétaire et, pour se débarrasser de Thésée, il le précipita du haut d'une falaise.

Thésée avait montré beaucoup de talent comme guerrier, chasseur et même joueur de lyre. Il avait été un bon roi, malgré les malheurs qu'avaient causés certaines de ses aventures. Les Athéniens n'oubliaient pas qu'il les avait délivrés des exigences de Minos. Ils lui bâtirent un sanctuaire et continuèrent à l'honorer par des sacrifices.

Atalante

Enfance — Le roi d'Arcadie ne voulait pour enfants que des garçons. Aussi quand il lui naît une fille décide-t-il de l'abandonner. Comme c'est la coutume, il la fait exposer sur une montagne. Survient alors une ourse affamée. Va-t-elle dévorer ce nouveau-né qui s'agite ? Elle s'approche, le flaire et l'emporte dans sa gueule. Mais ce n'est pas pour le déchirer de ses crocs. Montrant plus de pitié que le père de la fillette, elle la réchauffe dans sa fourrure et l'allaite en même temps que son ourson.

Quelques mois plus tard, l'enfant est trouvée par des chasseurs qui la recueillent et l'élèvent. Dès qu'elle sait marcher, ils lui apprennent leur métier. A force de poursuivre le gibier dans les forêts, elle devient extrêmement rapide à la course et redoutable au maniement de l'arc. On la voit parcourir bois et campagne, vêtue d'une tunique comme un garçon, à l'épaule un carquois d'ivoire et son arc à la main. Jeune fille, on pourrait la prendre pour la déesse Artémis, aussi belle, aussi farouche, et se plaisant seulement à la chasse.

Comme la déesse qu'elle honore particulièrement, Atalante décide de rester vierge. C'est d'autant plus sage qu'un oracle lui a prédit : « Garde-toi bien de prendre un époux ! Si tu te mariais, tu te transformerais en animal. »

Certes elle est trop belle pour que les hommes la laissent tranquille mais elle est tout à fait capable de se défendre contre leurs assauts. Chacun sait qu'un jour elle a tué de ses flèches deux Centaures qui s'étaient crus capables de la violer. Avec de telles qualités, elle a pu se mêler aux hommes, et les tenir en respect. Lors de jeux funèbres, c'est elle qui a gagné l'épreuve de course. Elle aurait même, disent certains, participé à l'expédition de Jason et des Argonautes. Aussi, quand il fallut rassembler des héros pour exterminer le sanglier de Calydon, on fit naturellement appel à la jeune chasseresse.

Atalante et Méléagre

Les terres du roi de Calydon, en Étolie, étaient très fertiles. Il y poussait du blé, des arbres fruitiers et de la vigne. Il était un des rares élus à avoir reçu un cep de Dionysos[1] lui-même, aussi ses vignes étaient-elles particulièrement florissantes. Mais un jour, en faisant des sacrifices aux dieux, le roi oublia Artémis. Fatale erreur ! Pour se venger, la déesse, jalouse, lâcha sur ses terres un sanglier aussi grand qu'un taureau, armé de dents redoutables avec lesquelles il creusait la terre, déterrait pieds de vigne et arbres fruitiers comme si c'était de l'herbe tendre. Il ravageait le blé en herbe et les moissons et s'attaquait aux brebis et aux génisses. Les Étoliens mouraient de faim car les paysans avaient trop peur de cultiver leurs champs et préféraient se terrer derrière les murailles de la ville.

Méléagre, le fils du roi, était un vaillant chasseur, il n'avait pas son pareil pour lancer un épieu et abattre un animal. Il ne risquait pas la mort à la chasse car un sortilège le rendait immortel. En effet, le septième jour après sa naissance, les Moires[2] étaient venues prévenir sa mère que le destin du bébé était lié à celui de la bûche qui brûlait dans l'âtre. Tant

---

1→ Dionysos est le dieu de la Vigne et du Vin.
2→ Voir la note p. 19.

qu'elle n'était pas consumée, l'enfant vivrait. Aussitôt la mère avait retiré le tison du feu et l'avait éteint en versant dessus l'eau d'un pichet. Puis elle l'avait enveloppé d'un tissu et caché bien à l'abri au fond d'un coffre. Depuis, l'enfant avait grandi et était devenu un homme magnifique. Toutefois il ne pouvait, à lui seul, venir à bout du monstre et il fit appel aux plus grands chasseurs de toute la Grèce.

Ils sont venus nombreux pour cette expédition et on ne peut les citer tous. Mais, parmi tous ces héros, Castor et Pollux sont arrivés de Sparte, Thésée d'Athènes, Jason d'Iolcos. Il y a aussi Admète de Phères et bien entendu Atalante qui s'illustre dans toutes les grandes chasses. Mais Artémis, qui en veut toujours au père de Méléagre, sème la discorde parmi les chasseurs. Les deux oncles de Méléagre, les frères de sa mère, se querellent avec leur neveu. Ils n'apprécient pas du tout la présence d'Atalante.

– Que fait ici cette fille? La chasse est une affaire d'hommes! Renvoie-la à ses fuseaux et à ses aiguilles. Le rôle des femmes est de filer la laine et de faire de la tapisserie.

Mais Méléagre tient bon. Il connaît les talents de la jeune femme et, sans doute, séduit par sa beauté, est-il en train de tomber amoureux d'elle, bien qu'il soit déjà marié. Ainsi l'harmonie ne règne-t-elle pas au sein de la troupe qui s'enfonce dans l'épaisse forêt. On marche longtemps au milieu des arbres serrés. Les chiens suivent la piste et on finit par débusquer le sanglier dans un ravin creux bordé de saules. Il est en train de se baigner dans un cours d'eau boueux. Mais les chasseurs n'ont pas le temps d'ajuster leurs épieux que l'animal charge. Il pourfend deux hommes de ses défenses et déchire le mollet d'un troisième qui en restera estropié toute sa vie. Un tout jeune homme, Nestor, qui s'illustrera plus tard sous les murs de Troie et deviendra le célèbre roi de Pylos, réputé pour sa sagesse et ses bons conseils, ne doit son salut qu'à son habileté à grimper aux arbres.

Le sanglier furieux se retourne et cherche d'autres chasseurs sur qui passer sa rage. Il charge deux d'entre eux qu'il aurait atteints si Atalante, postée face à lui sans aucune crainte, ne lui avait décoché d'une main très sûre une flèche qui le touche près de l'oreille et le met en fuite. Un des deux hommes ricane :

– On n'a jamais vu tuer un sanglier d'une flèche. Laisse donc faire les spécialistes.

– Tais-toi donc, lui lance Méléagre. Atalante vient de te sauver la vie. Tu es vexé que l'aide te soit venue d'une femme ?

Mais la dispute tourne court car le sanglier revient. Il éventre un chasseur qui se trouve en travers de sa route. Malgré la hache que l'homme brandissait, il n'a rien pu faire contre un tel ouragan. Castor et Pollux lancent leurs javelots mais l'animal a déjà disparu dans les fourrés. Quand il reparaît, c'est la confusion : un chasseur lui crève un œil de son épieu mais la blessure n'est pas mortelle. Et dans sa précipitation à arrêter l'animal rendu fou de douleur, un autre tue son voisin d'un coup trop hâtif. La bête fonce sur Thésée qui l'esquive et enfin c'est Méléagre qui l'abat en le transperçant de son épieu.

Tous le félicitent de son exploit et le pressent de prendre la peau de l'animal qui, selon l'usage, doit revenir à celui qui l'a abattu. Mais Méléagre, galamment, l'offre à Atalante.

– Ta flèche l'a touché la première et, même sans mes coups, il serait mort de la suite de cette blessure. Prends donc ce trophée qui te revient de droit.

Mais ce geste n'est pas du goût des oncles de Méléagre.

– Comment ? Mais tu nous offenses. Si tu ne veux pas de cette peau, c'est à nous que tu dois la donner. C'est nous qui avons le plus haut rang ici et pas cette fille qui ne devrait même pas être là.

C'est une parole de trop. Méléagre ne se contrôle plus et tue ses deux oncles.

C'est une bien triste troupe qui revient au palais, portant ses morts. Quand elle voit ses frères tués, la mère de Méléagre se met à sangloter. Mais quand elle apprend la cause de leur mort, elle se déchire les joues de ses ongles et s'arrache les cheveux de désespoir. Elle maudit son fils, se précipite sur la malle où elle garde caché le précieux tison qui garantit sa vie et, impulsivement, le jette au feu. Aussitôt Méléagre sent tout son corps se consumer. Il pousse des cris déchirants, porte convulsivement sa main à sa gorge et tombe mort au milieu des chasseurs abasourdis.

Le mariage d'Atalante

Cette chasse eut un seul avantage : celui de réconcilier Atalante avec son père, ravi de voir que sa fille était l'égale des plus grands héros. Il la reconnaît enfin comme sa fille, l'accueille dans son palais mais, en bon père, il l'invite à prendre un époux.

– Père, lui répond-elle, je ne veux pas me marier. Je veux rester fidèle à la déesse Artémis.

– Atalante, il n'y a pas d'autre destin pour une fille que le mariage. Et pense à moi aussi. Je me fais vieux, je souhaite voir mes petits-enfants avant de mourir.

Atalante soupire. Elle ne veut pas se fâcher avec un père si récemment retrouvé. Elle accepte donc de se marier mais elle y met une condition. Elle n'épousera que celui qui la battra à la course. Et pour décourager les candidats, elle annonce que, si elle gagne, elle tuera le vaincu.

Atalante est si belle que, malgré le risque, les prétendants se bousculent pour obtenir sa main. Mais les courses se ressemblent toutes. Atalante laisse son adversaire prendre de l'avance. Puis elle se met en route. Elle est si légère qu'elle semble voler sur le sable de la piste. Elle rattrape le jeune homme et, arrivée à portée de lance, vise et le transperce.

En visite en Arcadie, son cousin Hippomène assiste à la dernière de ces courses. Il ne comprend vraiment pas pourquoi tous ces hommes se précipitent ainsi vers une mort certaine et éprouve même un certain mépris pour leur faiblesse. Mais quand il voit Atalante, sur la ligne de départ, enlever ses voiles et sa longue robe pour se mettre en tunique, il en a le souffle coupé. C'est le coup de foudre, il la lui faut comme femme. Il se retire dans le temple d'Aphrodite pour prier la déesse de l'aider à la conquérir. La déesse de l'Amour n'apprécie pas qu'une mortelle refuse ses séductions, aussi prête-t-elle volontiers son concours à Hippomène. Elle lui donne trois pommes d'or qu'il devra lancer pendant la course, pour retarder sa cousine.

Puis Hippomène défie la jeune fille. La course commence. Hippomène part le premier mais, malgré sa légèreté, il est vite rattrapé. Atalante lève sa lance pour frapper quand le jeune homme laisse tomber la première pomme d'or. Atalante, attirée par son éclat brillant, s'arrête pour la ramasser mais elle regagne son retard. Il jette alors la deuxième pomme. La troisième, il la lance sur le bord de la piste afin de gagner plus de temps. Atalante hésite car ils ne sont pas loin du but mais, confiante dans sa rapidité, elle se laisse tenter. Elle revient derrière lui, trop vite. Aphrodite vient en aide à son protégé en alourdissant les pommes. La jeune fille s'essouffle. Hippomène a gagné.

Atalante n'est pas trop mécontente d'être vaincue. Elle trouve son cousin à son goût. Quant à lui, il est si heureux qu'il en oublie de remercier Aphrodite par un sacrifice. Cette erreur sera fatale aux jeunes époux.

La déesse ne se presse pas de se venger. Elle laisse aux jeunes gens le temps de savourer leur bonheur. Mais un jour qu'ils sont à la chasse, ils passent près d'un sanctuaire de Zeus caché dans la forêt. Elle enflamme alors Hippomène d'un désir irrépressible pour sa femme. Il l'entraîne dans le temple et, sacrilège abominable, la possède dans la demeure du dieu.

Zeus, outragé, décide de les punir. Mais les frapper de sa foudre ne serait pas assez dur. Des crinières rousses recouvrent leur cou, leurs doigts se recourbent en griffes. Il leur pousse une queue qui balaie le sol et les cris meurent sur leurs lèvres pour laisser place à de sourds grondements de colère. Ils sont devenus lions. C'est une façon cruelle de les séparer car, dit-on en Grèce, les lions ne s'unissent pas entre eux mais avec des léopards.

Ainsi finit Atalante qui n'échappa pas à son destin.

LA MALÉDICTION DES ATRIDES [1]

Tantale

Tantale est un privilégié : il fréquente les dieux. Il est même admis aux banquets de l'Olympe, ce dont peu de mortels peuvent se vanter. Sans doute, pensent certains, pour jouir d'une telle faveur, est-il le fils de Zeus lui-même. Mais il a aussi rendu des services à Zeus : il aurait enlevé pour le dieu le prince troyen Ganymède, un jeune homme d'une grande beauté dont Zeus était tombé amoureux.

De plus Tantale est très riche. Il règne sur la Lydie, une région située en Asie Mineure. Il s'est marié avec une fille du géant Atlas et elle lui a donné deux enfants, une fille, Niobé, et un garçon, Pélops. Tout aurait dû être parfait mais Tantale ne se conduit pas toujours très bien. Trop confiant dans la protection des dieux, il a le tort de les défier.

Il les vole. Ainsi à un banquet de l'Olympe, il dérobe du nectar et de l'ambroisie. Ces nourritures divines, plus douces que le miel, ont le pouvoir de rendre immortel. Elles sont réservées aux dieux et Tantale en prend pour les partager avec des hommes !

Il se rend aussi coupable de recel : un petit chien en or a été volé à Zeus. Sa mère, Rhéa, le lui avait donné quand il était enfant, en Crète. Elle avait caché là le jeune dieu pour qu'il échappe à Cronos qui avait la fâcheuse habitude de dévorer

---

[1] On appelle Atrides les descendants d'Atrée, de même que les Héraclides sont les descendants d'Héraclès, etc.

ses enfants. Zeus y avait été nourri par la chèvre Amalthée, éduqué par le Centaure Chiron, et ce petit chien d'or l'avait gardé et protégé. Le voleur, c'est vrai, n'est pas Tantale mais un de ses amis. Tantale s'est contenté de garder le butin. Toutefois son erreur a été de ne pas le rendre à Hermès quand celui-ci, après une enquête serrée, a découvert où on cachait l'animal. Il s'est même parjuré :

– Jamais de ma vie, je le jure sur tous les dieux, affirme-t-il, je n'ai vu cet animal.

Sans doute a-t-il été fasciné par cette petite merveille, mais comment pouvait-il espérer tromper le rusé Hermès ?

Les dieux lui auraient sans doute pardonné ces deux fautes. Mais un jour Tantale va trop loin. Lors d'un banquet il commet un crime irréparable. Il reçoit les dieux chez lui, dans son palais de Lydie. Il devrait être flatté de cet honneur, mais cela ne lui suffit pas. Il veut mettre à l'épreuve le savoir des dieux. Il est persuadé qu'il pourra les tromper et son orgueil ne connaît pas de borne. Il a bien essayé de dire ensuite, pour sa défense, qu'il avait été affolé parce qu'il n'avait pas assez de vivres pour régaler dignement ses invités. Mais qui pourrait croire une aussi piètre excuse ?

Il tue donc son fils, son propre fils, Pélops, le découpe en morceaux et les fait cuire dans la soupe qu'il sert ensuite aux dieux.

– Je vous souhaite bon appétit, dit-il avec insolence.

Puis, impatient, il observe leur réaction. Quelle folie ! Tout de suite les dieux ont senti l'immonde nourriture qu'on veut leur faire avaler. Écœurés et furieux, ils repoussent violemment leurs assiettes. Seule Déméter, perdue dans ses pensées, dévore sans y prendre garde l'épaule du malheureux jeune homme. Il faut dire qu'elle est désespérée car Hadès a enlevé sa chère fille, Perséphone, l'a épousée et la garde dans les Enfers. La pauvre mère se languit de sa fille et rien ne peut plus la sortir de son chagrin.

Immédiatement la colère de Zeus s'abat sur Tantale. Il le tue de sa propre main et l'envoie aux Enfers, dans les profondeurs du Tartare, où l'on enferme pour l'éternité les pires criminels que la terre ait portés. Là, son supplice est éternel. Il est plongé jusqu'au cou dans un étang dont les vaguelettes lui lèchent doucement le visage. Près de lui des arbres fruitiers, aux branches chargées de fruits. Tout ensemble, des poires, des grenades et des pommes aux fruits d'or parfument l'air et excitent l'appétit. Tantale a faim, Tantale a soif.

Mais chaque fois qu'il se penche vers le lac pour y tremper ses lèvres, les eaux se retirent, laissant voir la boue noire du fond. S'il réussit à en puiser un peu dans la main, elle se vide avant d'arriver à sa bouche. Les quelques gouttes qu'il peut déposer sur ses lèvres ne font qu'aggraver sa soif. Quand, tenté par les fruits merveilleux qui sont à sa portée, il cherche à s'en saisir, un coup de vent... et pommes, poires et grenades s'envolent jusqu'aux nuages. Et, comme si le supplice n'était pas suffisant, un énorme rocher est suspendu au-dessus de sa tête et menace à chaque instant de l'écraser. C'est un petit raffinement supplémentaire inventé par Zeus qui n'a oublié ni le recel du chien d'or ni le parjure.

Niobé

Niobé, la fille de Tantale, a fait un beau mariage. Elle a épousé Amphion, fils de Zeus et roi de Thèbes. Elle a eu tant d'enfants qu'on n'en sait le nombre exact : six filles ou sept? Ou dix? Et autant de garçons. Elle est fière de sa beauté, fière de sa naissance et de son mariage, fière de sa descendance. Elle en tire trop d'orgueil et cela la mène à sa perte.

Un jour, la fille du devin Tirésias, qui comme son père était capable de prédire l'avenir, annonce aux femmes de Thèbes :

– Les dieux vous demandent d'aller toutes offrir vos prières à Léto et à ses divins enfants, Apollon et Artémis. Apportez de l'encens en offrande et couronnez-vous de laurier.

Aussitôt on lui obéit. Les femmes ornent leur front de feuillage et mettent le feu à des bâtonnets d'encens. Elles se dirigent vers le temple de Léto quand soudain Niobé sort du palais et les arrête. Dans sa robe tissée d'or, les cheveux blonds répandus sur ses épaules, elle attire tous les regards. Ses yeux bleus sont glacés, son air hautain. Elle semble très en colère.

– Quelle est donc cette folie? Vous allez offrir de l'encens à Léto? Et à moi? A ma divinité, vous n'offrez rien? Mon père est Tantale, le seul mortel qui fut admis au banquet des dieux. J'ai pour grands-pères Atlas qui soutient le ciel sur ses épaules et le grand Zeus lui-même. Je suis maîtresse chez vous, mon mari est le roi et notre richesse est immense. Ma beauté est sans égale et ajoutez à cela mes nombreux enfants!

Et méprisante, elle ajoute :

– Qu'est-ce que c'est que cette Léto ? Une vague fille de Titan, une vagabonde à qui personne ne voulait accorder de refuge pour qu'elle accouche[1]. Et cet accouchement ? Pas de quoi se vanter : un fils et une fille, c'est tout ! Mon ventre est beaucoup plus fécond. Enlevez vite ces lauriers. Et si vous devez brûler de l'encens devant une déesse, c'est devant moi qu'il faut le faire.

Quelle folie s'est donc emparée de Niobé ? Elle sait bien pourtant que les dieux ne pardonnent pas l'orgueil des humains et ne supportent pas qu'on les défie. Elle a bien vu ce qui est arrivé à son père. Et puis elle était l'amie d'Arachné, cette jeune fille qui tissait si bien et qui avait voulu faire un concours avec la déesse Athéna… La tapisserie représentée par Arachné était aussi belle que celle de la déesse mais, de rage, Athéna lui avait crié :

– Puisque tu aimes tant tisser, continue ! Et après toi, toute ta race !

Elle avait aussitôt transformé la tisserande en araignée. Mais Niobé, qui a vu son père et son amie se perdre par orgueil, ne sait pas en tirer de leçon. La voilà qui interrompt le sacrifice en l'honneur de Léto ! Quelle inconscience !

L'indignation saisit la déesse. Elle va trouver ses enfants et leur demande de la venger :

– Allez-vous laisser insulter votre mère ? La fille de Tantale prétend me chasser des autels où on m'honore depuis toujours. Et elle place ses enfants au-dessus de vous. Ah, pour l'orgueil, elle est bien la digne fille de son père !

---

[1] Léto fut aimée par Zeus et donc poursuivie par la fureur d'Héra, l'épouse du dieu. Elle dut fuir et personne n'osait l'aider. Elle se réfugia à Délos pour accoucher de jumeaux, Apollon et Artémis.

— N'en dis pas plus, mère, lui répond Apollon, tu retarderais l'heure de son châtiment. Viens avec moi, ma sœur, prenons nos arcs.

Et les deux dieux préparent leurs flèches, capables de faire mourir les humains en envoyant blessures ou maladies.

Au pied des remparts de Thèbes s'étend une vaste plaine découverte où les fils du roi entraînent leurs chevaux ou s'exercent à la lutte et aux armes. Ils sont tous là, même le plus jeune qui n'est encore qu'un enfant. Il admire ses frères et les envie, se demandant quand il aura l'âge de les imiter. Les deux aînés font une course au galop. L'un est atteint au cou par le trait d'Apollon. Il tombe. L'autre, ne sachant pas qui a frappé son frère, veut accélérer pour fuir cet ennemi invisible, mais il se couche sur l'encolure de son cheval, touché à la poitrine. Et tous périssent l'un après l'autre. Deux garçons qui luttaient, étroitement enlacés, sont blessés par la même flèche : ils meurent dans les bras l'un de l'autre. Le plus jeune, effrayé, lève les bras au ciel en suppliant. Il est si jeune ! Le dieu a pitié de lui mais trop tard ! Il ne peut retenir sa flèche et l'enfant périt avec ses aînés.

Amphion, leur père, ne résiste pas à un tel chagrin. Il se perce le flanc de son épée et expire sur le corps de ses enfants. Quand Niobé, dans son palais, voit arriver les dépouilles de ceux qu'elle a tant aimés, elle se couche sur les cadavres déjà froids pour les embrasser une dernière fois. Elle reste un instant muette de stupeur puis recommence à s'en prendre à Léto :

— Rassasie-toi, cruelle déesse, de ma douleur, triomphe. Mais songe que, malgré mon malheur, je suis plus riche que toi : il me reste mes filles.

C'est ce moment que choisit Artémis pour la punir. Dans la chambre, derrière les couches mortuaires, se tiennent les filles de Niobé, toutes vêtues de noir, les cheveux dénoués en signe de deuil. Le silence est pesant. Soudain, on entend distinctement le bruit d'une corde qui se détend : la divine chasseresse se met à l'œuvre. Une à une, les jeunes filles s'écroulent par terre ou sur les corps de leurs frères. Il n'en reste plus qu'une. Enfin Niobé supplie :

– Laisse-moi au moins celle-là, la plus petite. De toutes mes filles je ne te demande que la plus petite.

Mais trop tard ! La pauvre enfant succombe au même instant. Les dieux ne connaissent pas la pitié.

Niobé s'écroule. Le malheur l'a rendue insensible. Le sang s'est retiré de son visage, ses yeux restent fixes, sa langue se glace dans sa bouche. Elle ne peut plus faire un pas. Elle est transformée en statue de marbre. Mais son chagrin ne meurt pas. Éternellement des larmes couleront de la pierre. Enveloppée d'un violent tourbillon, elle est emportée au sommet d'une montagne, en Lydie, son pays d'origine, et l'on peut encore voir là-bas de l'eau qui s'écoule goutte à goutte le long d'un rocher. C'est Niobé qui pleure ses enfants disparus.

Pélops

Quand Tantale fut puni pour avoir découpé son fils en morceaux et servi son corps comme nourriture aux dieux, Zeus voulut réparer ce crime. Il demanda alors à Hermès de rassembler les membres du pauvre garçon.

Hermès va les repêcher dans les écuelles destinées aux dieux et les replace dans le chaudron où ils ont bouilli. Zeus pratique de mystérieuses opérations magiques sur ce récipient puis une des trois Parques remet les membres en place. Comme il manque l'épaule qu'elle a dévorée, Déméter lui en fait fabriquer une en ivoire. Rhéa, la mère de Zeus, souffle dans la bouche de Pélops pour lui insuffler la vie et, quand le jeune homme se dresse, plus beau qu'il ne l'a jamais été, Pan, le dieu-Bouc, exécute une danse de joie. Poséidon tombe immédiatement sous le charme du jeune homme et, comme l'a fait son frère avec Ganymède, il l'emmène avec lui dans l'Olympe. Et même quand Pélops deviendra adulte et retournera en Lydie pour régner sur le trône de son père, le dieu lui gardera sa tendresse. Sa protection ne lui fera jamais défaut.

Revenu chez lui, Pélops ne reste pas longtemps roi. Les barbares, auxquels son père s'était déjà heurté, réussissent à s'emparer du pays. Pélops s'échappe donc et traverse la Méditerranée pour s'établir en Grèce. Là il s'éprend d'Hippodamie : fille de roi, petite-fille d'Arès, c'est un bon parti. Et elle est d'une exceptionnelle beauté. Il veut l'épouser. Mais ce n'est pas si facile.

En effet, son père, le roi Oenomaos, ne tient pas à ce qu'elle se marie. A-t-il entendu un oracle lui prédisant qu'il serait tué par son gendre ou est-il lui-même secrètement amoureux de sa fille ? Rien n'est sûr mais toujours est-il qu'il a une manière bien féroce d'éloigner les prétendants. Il leur propose une course de char. Le départ : sa ville, Pise, en Élide. Le but à atteindre : l'autel de Poséidon à Corinthe. Sur chaque char, deux personnes. Sur l'un, Oenomaos et son cocher, Myrtilos ; sur l'autre, le prétendant et Hippodamie. Oenomaos laisse une certaine avance à son concurrent, le temps de faire le sacrifice d'un bélier à Zeus.

Le concours semble équitable mais les concurrents ne savent pas tout. Si le roi fait monter Hippodamie à côté d'eux, c'est pour que sa magnifique beauté leur fasse oublier la course. Par ailleurs, Myrtilos, son cocher, est un fils d'Hermès et c'est le meilleur conducteur de char de toute la Grèce. Et surtout le roi possède deux juments imbattables à la course, dont son père Arès lui a fait cadeau. Elles sont filles du vent et aucun attelage ne peut espérer les égaler.

Quand, dans la course, le roi rattrape le char qui emporte sa fille et son prétendant, il transperce le jeune homme de sa lance, un autre présent d'Arès. Pour dissuader d'autres princes de se présenter, il coupe la tête et les membres des vaincus et les cloue sur la façade de son palais, au-dessus des portes. Le reste du corps est abandonné là, aux chiens et aux oiseaux. Le bruit court qu'Oenomaos veut faire bâtir un temple avec des crânes et des ossements humains.

Ne voulant ni renoncer à ses projets de mariage ni connaître le sort de ses prédécesseurs, Pélops implore l'aide de Poséidon. Et le dieu ne l'abandonne pas. Il lui offre un char tiré par deux chevaux ailés. Ils sont infatigables, tout à fait capables de rivaliser avec ceux d'Oenomaos et peuvent même courir sur les mers sans que l'eau mouille les essieux des roues. Pour essayer cet attelage, Pélops traverse la mer à une telle vitesse que son cocher en meurt.

Mais, même accompagné de ces animaux divins, quand il voit l'exposition macabre sur la façade du palais d'Oenomaos, Pélops ressent une grande angoisse. Il décide de mettre toutes les chances de son côté et d'acheter le cocher du roi. Ce n'est pas très difficile car Myrtilos est amoureux d'Hippodamie. Lui-même aurait bien couru pour sa conquête mais, connaissant les vraies « règles du jeu », il n'avait jamais osé.

– Si je suis vainqueur, je te donnerai la moitié du royaume d'Oenomaos et c'est toi qui passeras la nuit de mes noces avec Hippodamie, lui promet Pélops.

Le cocher accepte donc de saboter le char de son maître.

La course commence comme toutes les autres. Oenomaos laisse sa fille et Pélops prendre de l'avance puis, son sacrifice accompli, il s'élance à leur poursuite. Les chevaux filent dans les plaines. Le roi a plus de mal que d'habitude à rattraper les jeunes gens. « Enfin un bon attelage, pense-t-il. Ce petit a des chevaux superbes ! Et qui savent courir ! Ils feront très bien dans mon écurie quand je l'aurai tué. »

Cette pensée le met en joie et il pousse le cocher à accélérer l'allure. Petit à petit, il grignote du terrain. Pélops se retourne, inquiet. Myrtilos l'aurait-il trahi ? Il fouette ses chevaux. A ses côtés, Hippodamie, séduite par le beau jeune homme, prie Héra, la déesse du Mariage. Elle promet de lui sacrifier une génisse blanche s'il triomphe.

Au bord de la route, les paysans s'effarent de voir les tourbillons de poussière soulevés par ces chevaux divins. Jamais on n'a vu une course aussi effrénée ! Le galop, le bruit des roues qui cognent sur les pierres, les cris des hommes qui encouragent les coursiers, le claquement des fouets : c'est un vacarme infernal. Le char des jeunes gens est en vue de Corinthe. Ils ont presque réussi. Mais rien n'y fait, Oenomaos rattrape Pélops. Il brandit déjà sa lance, il va frapper... et la roue de son char se détache. Le char se renverse. Myrtilos, qui s'y attendait, réussit à sauter mais le roi tombe, se prend les pieds dans les rênes et est traîné par ses juments. Avant de mourir, il a le temps de comprendre ce qu'a machiné son cocher et de lui lancer une malédiction :

– Tu m'as trahi, Myrtilos. Mais par les Enfers que je vais rejoindre, je jure que nous nous retrouverons bientôt. Je t'attends là-bas car Pélops te tuera bientôt de ses propres mains.

Après la mort du roi, Pélops, Hippodamie et Myrtilos estiment plus sage de s'éloigner. Ils montent dans le char de Pélops et les coursiers de Poséidon les emmènent sur la mer. Arrivés sur une petite île, ils se reposent, détellent les chevaux pour qu'ils puissent paître et Pélops va chercher de l'eau. Mais il n'aurait pas dû laisser seuls Myrtilos et Hippodamie. Rendu fou de désir par la proximité de la belle, l'homme se jette sur elle pour la violer. Elle se débat et crie. Pélops revient en hâte et tire violemment Myrtilos en arrière.

– Qu'est-ce qui te prend ? Tu es fou ? lui crie-t-il.

– Quoi ? Tu m'as promis la nuit de noces avec ta femme. Je ne prends que ce qui m'est dû, avec un peu d'avance, c'est tout.

Pélops ne dit rien. Il vaut mieux éviter d'éveiller les soupçons d'Hippodamie. Il attelle. Les chevaux sont reposés, ils repartent. Mais sur la mer, il lance un coup de pied et Myrtilos tombe à l'eau, la tête la première. Il s'y noie, non sans lancer une malédiction sur ce traître de Pélops et ses descendants.

Les deux jeunes gens, débarrassés de cet encombrant allié, retournent en Élide. Ils ont de nombreux enfants. Pélops gouverne sagement le royaume de son beau-père. Il réussit à agrandir ses possessions à tout le sud de la Grèce. Quand il y ajoute Olympie, il crée les jeux Olympiques en l'honneur de Zeus. Il fonde de nombreux temples pour racheter le meurtre de Myrtilos. Il est aimé de ses sujets et l'on donne son nom à la région qui devient le Péloponnèse, ce qui signifie en grec : « l'île de Pélops ».

Atrée et Thyeste

Pélops a eu de nombreux enfants. Mais la malédiction de Myrtilos, le cocher tué par leur père, les a poursuivis. Le premier d'entre eux à mourir fut le fils que Pélops avait eu d'une nymphe[1]. Hippodamie, jalouse et craignant qu'il n'hérite du trône à la place de ses fils, le tua. Elle essaya de rejeter ce crime sur un autre mais, avant de mourir, le jeune homme réussit à la dénoncer et Pélops exila sa femme. Elle préféra se suicider. Deux membres de la famille de Pélops étaient donc morts.

Mais l'histoire la plus cruelle est celle qui touche ses deux fils jumeaux, Atrée et Thyeste, et leurs descendants.

Après l'assassinat de son demi-frère par Hippodamie, Atrée préfère se mettre à l'écart, au cas où Pélops voudrait se venger de sa femme en s'attaquant aux enfants qu'il a eus d'elle. Il choisit de s'exiler et se réfugie à Mycènes, chez un de ses neveux. Celui-ci est en guerre contre les fils d'Héraclès et il est heureux de l'arrivée de son oncle qui pourra s'occuper de l'administration du royaume pendant que lui ira diriger les armées. Il nomme donc Atrée régent du royaume. Celui-ci le demeure jusqu'à la mort de son neveu au combat. Il faut alors trouver un nouveau roi et l'oracle de Delphes, consulté, propose au peuple de donner le trône à l'un des fils de Pélops. Atrée pense donc être choisi sans difficulté mais son frère jumeau, Thyeste, se précipite alors pour faire valoir ses droits

[1] Voir la note p. 68.

Les deux frères sont déjà brûlés de jalousie et de haine l'un contre l'autre et le dieu Hermès veut les anéantir pour venger le meurtre de son fils Myrtilos. Comme Atrée a promis de sacrifier à Artémis les plus belles bêtes de son troupeau pour demander sa protection, Hermès fait naître, parmi son bétail, un agneau à toison d'or. Il souhaite ainsi, en attisant la convoitise des jumeaux, les pousser au meurtre. Ses projets réussissent au-delà de toute espérance.

En voyant ce magnifique animal, Atrée aurait dû le choisir pour le sacrifier à Artémis car il lui a promis le meilleur de son bétail. Mais il ne peut résister au désir de posséder un agneau à la toison d'or. Il l'enferme dans un pré jalousement gardé et offre un autre animal à la déesse. Celle-ci, blessée, enverra Éris[1] semer la discorde entre les deux frères.

La déesse commence par inspirer à la femme d'Atrée une passion folle pour Thyeste, son beau-frère. Elle le harcèle jour et nuit pour qu'il devienne son amant. D'abord il repousse ses avances puis un plan germe dans son esprit.

– Je ferai ce que tu désires, lui dit-il, mais toi, en échange, offre-moi un cadeau.

– Tout ce que tu veux, Thyeste, tu sais bien que je ferai tout pour toi.

– Cet agneau que ton mari garde dans un pré, tu sais, l'agneau à la toison d'or, procure-le-moi.

– Mais cet agneau est à lui et Atrée y tient beaucoup. Il le fait garder jour et nuit.

– Cet agneau n'est pas à lui, il m'appartient, ment-il avec

---

[1] Éris est la personnification de la discorde. Elle est le plus souvent présentée comme la sœur d'Arès, le dieu de la Guerre.

aplomb, il me l'a volé. Rends-le-moi et tu ne le regretteras pas.

La pauvre femme ne demande qu'à le croire. Il est si séduisant! A force de ruse, elle parvient à voler l'agneau et Thyeste devient son amant. Atrée ignore tout de ce qui se passe. Il est tout entier obsédé par le moyen de devenir roi.

– C'est moi qui dois devenir votre roi, déclare-t-il solennellement à l'assemblée des Mycéniens. D'abord parce que je suis l'aîné. En effet, je suis né quelques minutes avant mon frère. Ensuite parce que je possède un agneau à la toison d'or, ce qui est indiscutablement une faveur des dieux et un signe de royauté.

Thyeste sent la chance tourner en sa faveur. Il intervient :

– Es-tu prêt à déclarer devant cette assemblée que le roi doit être celui qui possède l'agneau à la toison d'or?

– Oui, répond imprudemment son frère qui ne peut même pas imaginer un larcin, tant son agneau est sous bonne garde.

Les Mycéniens approuvent vigoureusement. Un agneau à toison d'or, c'est si prestigieux! Alors, Thyeste montre l'agneau. C'est lui qui obtient le trône.

Mais Zeus n'est pas content. Lui, sur le trône de Mycènes, aurait préféré voir Atrée. Il décide de lui accorder son soutien. Il lui envoie son messager, Hermès, pour lui proposer un stratagème.

Le lendemain, Atrée se présente devant les magistrats. Thyeste est avec eux. Ils se disposent à examiner de nouvelles lois. Atrée prend la parole :

– Vous conviendrez tous qu'on ne peut gouverner sans l'appui des dieux. Magistrats, seriez-vous prêts à obéir à un roi qui n'aurait pas la faveur des dieux? Et toi, mon frère, accepterais-tu d'abdiquer si tu voyais un présage très défavorable à ton règne?

– Quel genre de présage? interroge Thyeste avec inquiétude.

– Je ne sais pas, moi. Par exemple, si le soleil faisait demi-tour…

Thyeste se rassure : on n'a jamais vu un tel prodige, même aux heures les plus sombres de l'humanité. Il accepte donc. Alors se produit l'inimaginable. Pour son protégé, Zeus inverse le cours immuable des lois du cosmos. Le char du soleil fait demi-tour et les chevaux repartent vers l'est, en direction de l'aurore. Les magistrats et le peuple, terrorisés par ce présage, acclament Atrée et Thyeste est banni. Quand le nouveau roi découvre la responsabilité de sa femme dans le vol de l'agneau et les raisons de sa trahison – l'adultère avec ce frère qu'il hait – , il jure de se venger d'elle. Mais il cache sa colère et, tout en méditant un châtiment exemplaire, feint de lui pardonner.

Mais Atrée n'oublie pas sa vengeance. Il ne pense qu'à cela. Comment punir son frère de ses crimes?

– Il m'a pris mon bien le plus précieux, il a corrompu ma femme. Et d'ailleurs depuis quand est-elle sa maîtresse? Est-ce qu'Agamemnon et le petit Ménélas sont bien mes fils? Il a voulu me voler le pouvoir. Et après tant de crimes, de perfidies, il se prélasserait dans une cité grecque, à se moquer de moi?

Atrée ne cesse de ruminer. Il faut que Thyeste paie pour tout cela, il faut qu'il souffre. La mort ne serait pas suffisante. Il faut inventer un châtiment hors du commun.

Une idée épouvantable naît dans son esprit. Cependant,

pour pouvoir tenter quelque chose, il faut d'abord avoir son frère à sa merci. Mais où se cache-t-il ? Il envoie un messager à sa recherche. Il est chargé de lui annoncer qu'il peut revenir à Mycènes, que tout est pardonné, et qu'Atrée l'attend pour partager le pouvoir avec lui. Le messager le cherche longtemps dans les différentes cités de la Grèce et, alors qu'il est prêt à renoncer, il le rencontre à Delphes où il était venu prendre conseil auprès de l'oracle d'Apollon.

Il délivre son message. Thyeste se méfie mais ses enfants le pressent d'accepter. Ils sont las de l'exil. Et lui-même ressent la nostalgie de la terre natale. Il finit par marcher vers Mycènes, mais au dernier moment, s'arrête. Il hésite, s'interroge en butte à de sombres pressentiments. Mais l'espoir de régner et de transmettre le pouvoir à ses enfants triomphe. Il entre dans le palais.

« Ah, tu es tombé dans mes filets, pauvre imbécile ! » pense Atrée, tout en multipliant les embrassades et les serments d'amitié.

– Je suis heureux de te revoir, mon frère. Oublions le passé. J'ai réfléchi. Deux frères ne peuvent continuer à se disputer le pouvoir. Partageons-le, je t'offre une place à mes côtés.

– Que les dieux récompensent de tels bienfaits, mais permets-moi plutôt de vivre dans l'obscurité.

– Non, ce royaume est bien assez grand pour deux rois.

– Eh bien, soit ! Si tu le veux… mais mes enfants et moi serons à ton service.

« Tu ne crois pas si bien dire », pense Atrée puis il ajoute tout haut :

– Pour fêter nos retrouvailles, nous ferons un sacrifice et un banquet. Je vais tout de suite m'occuper des victimes.

Et il se dirige vers le temple de Zeus. Il demande aux enfants de Thyeste de l'accompagner pour préparer la cérémonie. Ils le suivent en confiance. Mais ce n'est pas un jeune taureau qu'il sacrifie… ce sont eux les victimes. Sacrilège ! Sur l'autel même de Zeus, il leur enfonce sauvagement son épée dans le flanc et les tue l'un après l'autre sans pitié. Puis, sans frémir d'horreur, il détache la tête du tronc, tranche les mains. Ces morceaux-là, il les garde. Le reste du corps est découpé et mis à rôtir sur des broches ou à mijoter dans un chaudron de bronze.

La fumée sort toute noire en un lourd et pesant nuage et, sans monter vers le ciel, elle environne l'autel : signe que les dieux sont scandalisés. D'horreur, le soleil recule dans sa course. Mais Thyeste, lui, ne pressent rien. Le soir, il s'attable et se remplit la panse, satisfait du plantureux repas que lui sert son frère. Il se gorge de nourriture et de vin et se met à chanter.

– Es-tu heureux, mon frère, lui demande Atrée ?

– Mon bonheur serait parfait si mes enfants pouvaient venir le partager avec moi.

Atrée ricane :

– Ne t'inquiète pas. Je te les amène.

Et, d'un sac qu'il avait caché dans un coin de la pièce, il sort les têtes et les mains sanglantes des enfants.

– Embrasse tes fils. Les voici. Tu les reconnais ?

– Monstre ! C'est toi que je reconnais à ce crime. Mais comment les dieux te laissent-ils vivre ? Après les serments que tu m'as faits devant eux ? Ah ! Donne-moi au moins leurs corps que je puisse les pleurer et les ensevelir dignement. A moins que tu ne les destines aux chiens et aux oiseaux de proie ?

– Mais non, Thyeste, pas du tout ! Tes enfants ont été dignement ensevelis. Rassure-toi.

– Dis-moi vite où est leur tombeau, sanglote le malheureux père. Je veux m'y rendre tout de suite.

– Il est ici leur tombeau. Tu viens de les dévorer.

Thyeste n'a plus de mots, plus de larmes. Il s'évanouit. Il voudrait mourir, mais Atrée ne le tuera pas. Il préfère le voir souffrir.

Plus tard, Thyeste s'éloigne de son frère et de Mycènes qu'il voudrait voir maintenant ensevelie dans un tremblement de terre. Il se rend à Delphes pour consulter l'oracle. Il veut savoir comment se venger. Inspirée par Apollon, la Pythie lui conseille de s'unir à sa propre fille : seul l'enfant qu'elle lui donnera pourra agir. Thyeste ne se soucie pas de l'immoralité d'un tel acte. Il ne pense qu'à détruire son frère. Les deux jumeaux sont aussi aveuglés l'un que l'autre par leur haine.

Il retrouve sa fille Pélopia à Sicyone où elle est prêtresse d'Athéna. Sans se faire reconnaître d'elle, il la surveille constamment. Une nuit, après un sacrifice, elle se rend dans le bois sacré, voisin du sanctuaire. Elle veut laver dans une mare sa tunique tachée par le sang d'une brebis. Profitant de l'obscurité, Thyeste la viole sans qu'elle puisse le voir. Mais elle réussit à lui voler son épée qu'elle cache sous la statue d'Athéna. Inquiet de cette preuve qu'il a laissée malgré lui, Thyeste se sauve en Lydie, la patrie de ses ancêtres.

A Mycènes, Atrée, un peu plus lucide maintenant, s'inquiète des conséquences de son acte. Lui aussi consulte l'oracle de Delphes : « Retrouve Thyeste », lui conseille la Pythie. Atrée fait donc rechercher son frère et, grâce à ses espions, il apprend que ce dernier a été vu à Sicyone. Il s'y rend donc, mais trop tard ! Cependant il voit Pélopia qu'il prend pour la fille du roi de Sicyone. Elle lui plaît et il demande à l'épouser. C'est possible : il vient de faire exécuter sa première femme à qui il n'avait jamais pardonné sa trahison. Le roi de Sicyone, pour aider Pélopia à faire un beau mariage, ne trahit pas son origine et la donne à Atrée comme si elle était sa fille.

Quelques mois plus tard, Pélopia met au monde un fils. Elle ne veut pas garder cet enfant né d'un viol. Aussi l'abandonne-t-elle sur une montagne. Mais l'enfant ne meurt pas comme elle l'avait espéré. Il est recueilli par des bergers qui le nourrissent du lait de leurs chèvres. C'est d'ailleurs d'elles qu'il tirera son nom : Égisthe[1]. Atrée, qui se croit le père du nourrisson, ne comprend pas le coup de folie qui a saisi sa femme.

– Pourquoi a-t-elle abandonné mon fils, demande-t-il aux sages-femmes ?

– Ce genre de crise arrive parfois aux jeunes mères, lui répondent-elles.

Il se satisfait de cette explication. Les femmes sont si bizarres ! Il réussit à retrouver l'enfant et, tout heureux, le ramène au palais.

Le temps passe et tout irait pour le mieux si les mauvaises récoltes ne se succédaient pas dans la campagne de Mycènes. Les paysans s'inquiètent : c'est un mauvais présage. Il faut faire quelque chose.

« Les dieux me préviennent que je dois me remettre à chercher mon frère », pense Atrée.

---

[1] En grec, Égisthe signifie « la force de la chèvre ».

Mais cette fois, il envoie ses enfants, Agamemnon et Ménélas. Ils sont déjà grands et peuvent accomplir cette mission pour leur père. Effectivement, les deux garçons retrouvent Thyeste et le ramènent enchaîné à Mycènes. Atrée s'empresse de le jeter en prison. Mais là, il est repris par sa vieille haine et, sans se demander si c'est la volonté des dieux, il décide de l'exécuter. Mieux, il demandera au petit Égisthe, qui a maintenant sept ans, d'accomplir cet acte. Les enfants doivent apprendre à seconder leur père !

Bravement, le petit garçon se saisit de son épée et se rend dans la cellule pour transpercer le grand ennemi de son père, l'homme qu'il prend pour son oncle. Mais il n'est pas encore très habile. Et l'épée est bien lourde. Peut-être fait-il du bruit. Ou Thyeste, inquiet, ne dort-il que d'un œil. Toujours est-il qu'il se réveille et désarme l'enfant d'un coup de pied. Il attrape l'épée pour en frapper le petit garçon mais, à la lueur de la lune, il reconnaît l'arme qu'il avait perdue. Il l'appuie sur la gorge de l'enfant.

– D'où tiens-tu cette épée, demande-t-il d'une voix dure ?

Égisthe se retient pour ne pas pleurer – un fils de roi doit être brave ! – et réussit à articuler :

– C'est ma mère qui me l'a donnée.
– Et comment s'appelle ta mère ?
– Pélopia.

Thyeste s'adoucit alors et dit à l'enfant qu'il l'épargnera s'il accomplit trois de ses ordres. Encore terrorisé, le petit garçon accepte et Thyeste commence par l'envoyer chercher sa mère. Quand Pélopia arrive, elle reconnaît son père et verse des larmes de joie en le serrant dans ses bras. Thyeste laisse passer ce moment d'attendrissement puis, hypocritement car il sait très bien de quoi il retourne, lui demande qui lui a donné cette épée. Elle lui avoue alors ce qu'elle n'a jamais dit à son époux :

– Je l'ai prise à un homme qui m'a violée. Tu comprends, père, c'est une preuve. Grâce à elle, quand il sera grand, Égisthe retrouvera l'homme et me vengera.

– Pélopia, dit alors Thyeste, cette épée est la mienne.

Et il leur explique à tous deux les raisons de la naissance d'Égisthe.

Pélopia n'entend qu'une chose : elle n'a été que l'instrument de la vengeance paternelle. Et elle a commis un sacrilège en concevant cet enfant. Les lois divines n'acceptent pas l'inceste. Horrifiée, elle prend l'épée et se jette dessus pour s'en transpercer. Il vaut mieux être morte que d'endurer pareille honte. Le petit Égisthe ne comprend pas grand-chose à ces événements : sa mère s'est tuée sous ses yeux. Qui est son père ? Atrée ? Thyeste ? Il éclate en sanglots.

– Ne pleure pas, mon fils, pense que tu as encore deux choses à accomplir pour moi. Prends cette épée, ajoute Thyeste en lui tendant la lame teinte du sang de Pélopia, et va dire à Atrée que tu as rempli ta mission. Laisse-lui le temps de savourer sa victoire puis, quand il ne s'y attendra pas, tu le tueras. Et tâche de t'y prendre un peu mieux que tout à l'heure.

L'enfant part en courant, trop affolé pour répliquer, et va réveiller Atrée pour lui montrer la lame ensanglantée.

Fou de joie à l'idée d'être enfin débarrassé de son frère, Atrée court vers la plage pour offrir un sacrifice à Zeus. Puis il reste là, au bord de la mer, à savourer son bonheur. C'est alors qu'Égisthe s'approche de lui. Sans méfiance, Atrée lui ouvre les bras pour le cajoler, mais l'enfant lui perce le cœur.

Thyeste sort de prison. Il règne enfin sur Mycènes. La prospérité revient et à nouveau apparaît dans les troupeaux du roi de Mycènes un agneau à toison d'or, symbole du pouvoir royal.

Agamemnon

Quand Thyeste fit assassiner Atrée par le petit Égisthe, les deux fils d'Atrée, Ménélas et Agamemnon, se réfugièrent à Sparte. Agamemnon y resta jusqu'à ce qu'il soit assez puissant pour détrôner son oncle et le tuer. Il devint alors roi de Mycènes. De nombreuses cités du Péloponnèse lui versaient un impôt. Il était très riche. Les Grecs reconnaissent là la protection de Zeus sur la maison d'Atrée. Et c'était un guerrier courageux et un bon stratège [1].

Affaires de famille Mais la malédiction du cocher Myrtilos continuait à peser sur les descendants de Pélops : sa famille serait détruite. D'abord Agamemnon tua son cousin Tantale qui portait le nom de leur ancêtre commun, ainsi que ses enfants. Puis, quand il vit la veuve de son cousin, Clytemnestre, une des filles de Tyndare et de la belle Léda, il décida de l'épouser. Malgré le meurtre de ses fils, elle cacha sa rancune envers Agamemnon et s'inclina devant la puissance de son nouveau mari. Elle lui donna d'abord trois filles, Iphigénie, Électre et Chrysothémis puis un fils, Oreste.

Ménélas, lui, resta à Sparte dont il devint roi et se maria avec la demi-sœur de Clytemnestre, Hélène, qui passait pour la plus belle femme du monde. Et ce mariage fut source de nouveaux malheurs pour la famille des Atrides et plus spécialement pour Agamemnon.

---

[1] Dans l'Antiquité grecque, un stratège est le chef d'une armée, celui qui a les qualités nécessaires pour conduire des opérations militaires sur terre et sur mer.

Clytemnestre et Hélène étaient toutes deux filles de Léda. Elles avaient été conçues la même nuit, celle que Léda passa d'abord avec Zeus. Il avait pris la forme d'un cygne pour approcher la belle. Puis, le dieu envolé, Léda était retournée dans le lit de son époux. Neuf mois plus tard, elle avait pondu deux œufs. De chacun était sorti un couple de jumeaux. De l'un, Castor et Hélène, les enfants de Zeus ; de l'autre, Pollux et Clytemnestre, engendrés par son mari Tyndare. Les deux premiers, immortels comme leur père, les deux autres, mortels. Les garçons, Castor et Pollux, s'étaient illustrés avec Jason dans la conquête de la Toison d'or. Ils s'aimaient tellement qu'à la mort de son frère Castor avait refusé l'immortalité s'il devait ainsi survivre à Pollux. Et Zeus avait dû autoriser Pollux à monter sur l'Olympe un jour sur deux tandis que, le lendemain, son frère descendait le rejoindre aux Enfers.

Quant à Hélène, c'était une jeune fille si ravissante que tous les princes de Grèce en âge de prendre femme se bousculaient pour demander sa main. Si seulement ils s'en étaient tenus là ! Mais ils commencèrent à se battre et se seraient entretués si Tyndare n'avait trouvé la solution. Il annonça aux prétendants qu'Hélène ferait son choix elle-même et qu'il respecterait ce choix. Eux aussi, ils devaient l'accepter et même prêter serment de venir tous en aide à l'heureux élu en cas de nécessité. Les prétendants jurèrent. Hélène choisit Ménélas.

Hélène et Ménélas vécurent heureux pendant neuf ans et Hélène mit au monde une fille, Hermione. Mais surgit Pâris, le fils de Priam, roi de Troie. La déesse Aphrodite lui avait promis l'amour de la plus belle femme du monde. Ingénument il venait la chercher. Justement, Ménélas était parti en

Crète assister à des funérailles. Pâris enleva donc la belle qui, dit-on, ne résista pas beaucoup. Pâris était si séduisant dans ses somptueux vêtements barbares éclatants d'or et de luxe ! Hélène emmena avec elle ses bijoux et ses esclaves mais laissa Hermione à Ménélas.

A son retour de Crète, on apprit à Ménélas son infortune. Ni son amour pour Hélène ni son honneur ne pouvaient se satisfaire de cet enlèvement. Fort de l'ancien serment que ses rivaux avaient prêté, il rameuta les princes et les rois de toute la Grèce pour venir à son secours. Ils arrivèrent par dizaines, de partout, prêts à en découdre. Allait-on laisser la plus belle des femmes grecques à ce barbare, cet Asiatique ? Sans compter qu'il y avait du butin à gagner ! On disait que Priam était cent fois plus riche qu'Agamemnon lui-même. Agamemnon avait toutes les qualités nécessaires pour diriger une armée. Les Grecs le nommèrent donc général en chef. Chacun repartit dans sa cité ou dans son île : il fallait trouver des soldats, des chevaux, préparer des chars, armer des navires pour aller jusqu'à Troie. Ils décidèrent de se retrouver à Aulis sur la côte béotienne pour traverser la mer ensemble.

Le sacrifice d'Iphigénie

Des centaines de navires mouillent devant Aulis. Les soldats sont désœuvrés, ils grognent : quand auront lieu les combats promis ? Où est ce fameux butin tant attendu ? Quand pourront-ils enfin partir ? Mais le vent se refuse à souffler. La flotte reste clouée sur la côte.

Agamemnon a fait appeler le devin Calchas. Son oracle a été très net : la déesse Artémis a été offensée et seul un sacrifice pourra l'apaiser.

– Mais dis-moi, Calchas, lui demande Agamemnon, qui a offensé la déesse ?

– Toi, grand roi.

– Moi ? Mais qu'ai-je fait ?

– Je ne le vois pas très bien. Ne t'es-tu pas vanté, en tuant une biche, d'être aussi bon chasseur qu'Artémis ? C'est peut-être cela : tu sais combien les dieux s'irritent de l'orgueil des mortels. Ou peut-être est-ce une vieille rancune contre les Atrides... Tu te souviens qu'Atrée n'a pas voulu lui sacrifier son agneau à toison d'or. En tout cas, c'est toi qui dois lui faire un sacrifice.

Pour permettre le départ de la flotte, le général en chef est prêt à tout, même à sacrifier, s'il le faut, cent génisses blanches. La conquête de Troie vaut bien cela... Mais ce n'est pas si simple et Calchas hésite à lui révéler le prix à payer.

– Mais dis-moi donc, le presse Agamemnon. Je ferai ce qu'il faudra pour contenter la déesse.

– C'est que...

La patience n'est pas le fort du roi.

– Vas-tu parler enfin, maudit vieillard ?

Calchas lui jette un regard noir et annonce :

– Artémis donnera aux Grecs un vent favorable pour atteindre le rivage de Troie. Elle vous assure même de la victoire mais, en échange, tu dois lui sacrifier la plus belle de tes filles.

Agamemnon reste pétrifié d'horreur. Immoler la plus belle de ses filles ? Sacrifier la chair de sa chair ? Mais la plus belle, c'est Iphigénie ! Il aime tous ses enfants, mais celle-là, il lui semble que c'est sa préférée, la plus tendre, la plus douce. Agamemnon hésite. Le plus riche butin vaut-il la vie de son enfant chérie ? Le retour d'Hélène, cette « traînée », au prix de son innocente Iphigénie ? Il refuse. Il préfère licencier l'armée. Tant pis pour les mécontents. Après tout, c'est lui qui commande !

Mais c'est compter sans Ménélas. On ne sait comment, il a appris les exigences de la déesse et presse son frère d'accepter le sacrifice. Il le supplie, lui parle d'honneur, de gloire. Il finit par le menacer de tout révéler aux Grecs. Agamemnon se rend à ses raisons. Mais comment annoncer la nouvelle à Clytemnestre ? Elle ne laissera jamais venir Iphigénie. C'est Odysseus[1], mis dans la confidence, qui trouve une idée :

– Fais croire à ta femme qu'Iphigénie doit épouser Achille. C'est un bon parti. Il est prince des Myrmidons, c'est le plus glorieux des héros après toi. Ce mariage est prestigieux, elle ne refusera pas d'amener sa fille.

La mort dans l'âme, Agamemnon écrit à sa femme. Puis il s'enferme dans sa tente, tourmenté par le remords. N'y tenant plus, il tente d'envoyer un messager pour annuler le voyage, mais Ménélas est aux aguets et intercepte le messager.

– Mais qu'est-ce qui te prend, mon frère ? Veux-tu te ridiculiser aux yeux de tous les Grecs ? Est-ce là le courage d'un chef ? Les guerriers que tu prives de gloire et de richesses vont te haïr. Les barbares vont se moquer de nous au lieu de nous craindre, et cela, à cause de toi et de ta fille !

– Est-ce moi qui suis ridicule, répond Agamemnon, ou toi qui ferais n'importe quoi pour retrouver ta femme ? Ce n'est pas l'ambition qui te pousse mais les plus bas désirs. Tu n'as

---

[1] Odysseus est le nom grec d'Ulysse. C'est pourquoi ses aventures au retour de la guerre de Troie s'appellent *L'Odyssée*.

pas su retenir Hélène et c'est moi qui dois le payer. Je ne tuerai pas mes enfants pour te permettre de te venger d'une femme infidèle.

Mais trop tard! Au moment où Agamemnon est résolu à agir, on annonce l'arrivée de sa femme et de sa fille. Iphigénie se jette dans les bras de son père. Le cœur serré, il n'arrive pas à lui retourner ses caresses. Elle s'étonne qu'il ne soit pas plus affectueux :

– Mon père, quelle joie de te revoir! Mais tu ne souris pas Tes yeux sont inquiets. Ma visite ne te fait pas plaisir?

– C'est que nous allons nous séparer longtemps.

– Troie est-elle si loin? Laisse donc la guerre. Reviens chez toi, auprès de tes enfants.

– Mais tu vas partir toi aussi pour une longue traversée.

– Ah, mon père! Vas-tu donc me marier? Et avec qui?

Mais, sans répondre, Agamemnon la prie d'entrer dans sa tente car les jeunes filles ne doivent pas rester en public.

Attendri à la vue de sa nièce, Ménélas propose à son frère de renoncer au sacrifice. Tant pis pour Hélène. Le prix lui paraît trop lourd à payer.

– Je suis heureux de tes paroles, Ménélas, répond Agamemnon, mais il est trop tard maintenant. L'armée est au courant de l'arrivée de ma fille. Et l'annonce de l'oracle a dû transpirer. Sinon, Odysseus ou Calchas se chargeront bien de répandre la nouvelle et les soldats réclameront sa mort. Pire, ils la tueront eux-mêmes. Non, le destin de ma fille est scellé : elle doit mourir. Je ne peux plus rien pour elle.

Agamemnon aurait bien aimé que sa femme reparte dans leur palais sans attendre le prétendu mariage de sa fille. Mais rien à faire. La coutume veut que la mère accompagne sa fille à l'autel. Elle ne partira pas avant la cérémonie. Il ne se résout pas à mettre Clytemnestre au courant du sort destiné à sa fille. Mais c'est pire : elle l'apprend par d'autres. Ce ne sont alors que cris, larmes et menaces.

— Hypocrite, traître ! Je sais tout, lui jette-t-elle. Il ne t'a pas suffi de tuer les enfants que j'ai eus de mon premier mari. Tu veux recommencer avec ta propre fille ? Rappelle-toi, tu avais déjà broyé contre terre mon dernier-né, encore au berceau. Je pensais qu'il n'y avait rien de pire ; et là, tu veux traîner ma fille — ta fille — devant l'autel d'Artémis et la sacrifier comme une génisse aux yeux de tous tes soldats ? Et tout cela pour Hélène, cette catin ? Et la guerre finie, tu espères rentrer dans ton foyer tranquillement, sans encourir ma colère ?

Et la tendre Iphigénie ajoute ses supplications aux cris de sa mère. Elle se jette aux genoux du roi et touche son menton de sa main[1]. Elle lui rappelle les tendres jeux de son enfance, leurs caresses et les promesses qu'il lui faisait alors : elle aurait un mari, des enfants, et lui, vieillard fatigué, viendrait la voir dans son palais et se réjouirait de son accueil chaleureux. Agamemnon pleure avec elle.

— J'aime mes enfants, dit-il aux deux femmes, et je frémis à l'idée de commettre cet acte horrible. Mais regardez les navires, regardez les soldats aux cuirasses de bronze à qui sera barrée la route de Troie si je ne te sacrifie pas, ma fille. Une folie pousse mes hommes à s'élancer vers les terres barbares. Ce n'est pas à Hélène que je sacrifie mon enfant chérie, c'est à la Grèce.

---

[1] C'est la position du suppliant en Grèce : à genoux, une main entoure les genoux de la personne ou de la statue du dieu que l'on supplie, l'autre lui touche le menton.

Ces raisons ne suffisent pas à convaincre Clytemnestre. Elle se moque bien de la Grèce quand on veut assassiner sa fille aînée. Elle reçoit une aide inattendue. Celle d'Achille, furieux d'avoir servi de prête-nom dans cette affaire. Il se dit prêt à venir au secours d'Iphigénie mais il annonce que les soldats, mis au courant en même temps que lui, viennent s'emparer d'elle.

– J'ai voulu demander de l'aide à mes Myrmidons, mais ils ont été les premiers à se rebeller contre moi. Avec de grands cris d'enthousiasme, ils appelaient au sacrifice qui leur permettrait enfin d'aller combattre les barbares. Nous n'aurons aucun allié pour sauver Iphigénie.

Alors Iphigénie les interrompt :

– Ne résistez pas inutilement. J'ai réfléchi. C'est de moi et uniquement de moi que dépend le départ des navires. Toute la Grèce a les yeux fixés sur moi. Des milliers de soldats sont prêts à mourir pour elle, et moi, je les en empêcherais ? Je dois mourir, mais j'en garderai gloire à jamais.

Et Iphigénie part au sacrifice. Dans le pré fleuri consacré à Artémis, elle monte vers l'autel. Les soldats la regardent passer dans un silence religieux. Le prêtre de la déesse prononce les prières rituelles et la jeune fille offre son cou au tranchant de l'épée pour que parte la flotte vers les rivages de Troie.

On dit parfois que la déesse, émue par son courage, la remplaça au dernier moment par une biche blanche et qu'Iphigénie fut envoyée en Tauride pour devenir sa prêtresse.

Le meurtre d'Agamemnon

Un grand feu s'allume sur le mont Ida. C'est pour annoncer la victoire des Grecs sur les Troyens. Dix ans ont passé depuis le rassemblement de la flotte à Aulis. Le siège de Troie a été long et terrible. Des deux côtés, les exploits ont été magnifiques. Les dieux eux-mêmes ne pouvaient détacher leurs yeux de la bataille. Agamemnon, le roi des rois, en a accompli sa part. Mais cette histoire, seul un grand poète comme Homère peut la conter[1] ! Les Grecs ont vaincu, ils se rassemblent sur les plages pour embarquer leur butin, leurs esclaves. Les cinquante fils de Priam sont morts, ses cinquante filles sont prisonnières. Parmi elles, Cassandre, dans le butin d'Agamemnon.

Cassandre est très belle. Elle avait plu au dieu Apollon qui avait cherché à obtenir ses faveurs. Cassandre se disait prête à accepter si le dieu lui donnait le don de prédire l'avenir. Il l'avait donc instruite mais Cassandre, reniant le marché, avait continué à se refuser à lui. Pour la punir, il lui avait laissé le don de prophétie, mais pas celui d'être crue. Ainsi quand, à l'arrivée de Pâris et d'Hélène, elle avait annoncé la ruine de Troie, personne n'avait tenu compte de ses propos.

Comme Apollon, Agamemnon est sensible au charme de Cassandre mais, plus heureux que le dieu, il réussit à en faire sa concubine. Elle lui donne des jumeaux et tous trois s'embarquent avec le roi pour rejoindre le Péloponnèse puis Argos, une des possessions des Atrides où réside actuellement Clytemnestre. C'est elle que le feu allumé sur le mont Ida doit prévenir : des relais sont disposés sur tous les som-

---

[1] Il la conte dans *L'Iliade*.

mets entre Troie et Argos ; des guetteurs y sont postés et, dès qu'ils repèrent un brasier, ils en allument un autre et ainsi de suite jusqu'à Argos. Là, sur le toit du palais royal, veille un serviteur prêt à courir au logis de la reine avec la bonne nouvelle.

Est-ce vraiment une bonne nouvelle pour elle ? Agamemnon revient. Mais les vieilles rancœurs de Clytemnestre demeurent, surtout le sacrifice de sa fille Iphigénie et les mensonges du roi pour la faire venir à Aulis. Et, depuis, il y a eu toutes ces belles captives qu'il a mises dans son lit et maintenant cette Cassandre dont ses espions lui ont parlé.

Un autre voit sans plaisir le retour du roi : c'est son cousin Égisthe, le fils de Thyeste. Il a préféré rester à Argos plutôt qu'acquérir gloire et honneur devant Troie. Il n'a pas oublié l'horrible festin qu'Atrée a offert à son père. Il n'a pas oublié le meurtre de son père par Agamemnon. Il pense que le trône de Mycènes et d'Argos lui revient de droit. Il a donc passé dix ans dans l'ombre, à conspirer pour reprendre le pouvoir et tuer Agamemnon. Les dieux ont bien envoyé Hermès pour tenter de le dissuader mais en vain. Égisthe n'a qu'une obsession : causer la mort d'Agamemnon et lui faire tout le mal possible.

Son premier objectif a été de séduire Clytemnestre. Ça n'a pas été facile car la reine était bien surveillée par un aède[1] dévoué à Agamemnon. Égisthe a donc commencé par enlever le poète et l'a abandonné sur une île déserte où, mort de faim, il a servi de pâture aux oiseaux de mer. Sans les conseils du vieillard, la reine est vite tombée dans les filets d'Égisthe

1➔ Voir la note p. 40.

qui en a fait sa maîtresse, ne cessant d'attiser sa colère contre le mari absent. Tous deux complotent donc la mort du roi. Ils veulent lui tendre un piège. Et c'est pour ne pas se laisser surprendre par un retour inattendu que Clytemnestre a imaginé le « messager de feu ».

Agamemnon tarde à arriver. La flotte grecque a été prise dans une immense tempête. Ballottés par les vents, les navires se sont brisés les uns contre les autres. Beaucoup ont coulé et les soldats, heureux d'avoir échappé à la mort devant Troie, sont engloutis au fond des mers. D'autres vaisseaux se sont éparpillés. C'est ainsi que Ménélas a été jeté sur la côte égyptienne et n'a pu porter secours à son frère au moment fatal. Agamemnon toutefois finit par rentrer sain et sauf grâce à la protection de la déesse Héra. Un messager accourt au palais pour annoncer le cortège royal : Agamemnon, ses soldats triomphants, les chevaux chargés de tout le riche butin arraché à Troie, les esclaves conquises. Pour donner le change, la reine pousse des cris de joie à la nouvelle de son retour. Elle fait faire des sacrifices d'action de grâces. Partout résonnent les chants d'allégresse, partout l'on sent le parfum de la viande rôtie. Elle se prépare à accueillir son époux. Dehors des fleurs, des tapis de pourpre. Dans le palais, les gardes les plus fidèles à Égisthe, armés, cachés, prêts à intervenir.

Clytemnestre lui fait de telles démonstrations d'amour qu'Agamemnon en est gêné. Il la presse d'entrer dans le palais pour se dérober aux regards.

– Accueille avec bonté cette étrangère, ajoute-t-il en montrant Cassandre, il n'est pas facile de devenir esclave quand on a été élevé comme une fille de roi.

— Qu'elle entre ! Elle sera bien traitée. Et toi, mon époux, viens. J'ai préparé un festin pour toi. Auparavant prends un bain chaud pour te délasser des fatigues du voyage.

Agamemnon s'avance sans méfiance. Mais Cassandre ne le suit pas. Elle est prise de tremblements et se met à gémir :

— Apollon ! Apollon ! Tu me perds. Pourquoi m'as-tu amenée ici ? C'est la mort qui m'attend.

Tous tournent les yeux vers elle. Elle continue ses plaintes :

— Quelle maison détestée des dieux ! Je sens l'odeur du sang. Des meurtres de parents ! Des enfants égorgés ! Des têtes coupées et d'horribles banquets ! Cette demeure est un abattoir.

Les assistants s'interrogent : comment cette étrangère peut-elle connaître aussi bien les secrets enfouis des enfants de Pélops ? Puis ses propos deviennent énigmatiques :

— Ah, dieux ! Que prépare-t-elle là l'épouse ? Je vois du sang, partout du sang ! Et dans un recoin de la pièce, ces chiennes accroupies aux babines ensanglantées. Ce sont les Érinyes[1] qui attendent la mort du héros. Et moi, je le suivrai. La hache est déjà prête.

Cassandre ne se trompe pas. Alors qu'il sort de son bain, qu'il a encore un pied dans la baignoire à bordure d'argent, Clytemnestre, comme pour le sécher, enveloppe son mari d'une robe qu'elle a tissée elle-même, une robe sans manches et sans ouverture, qui l'enserre comme un filet. Pendant qu'elle l'immobilise, Égisthe sort d'une cachette et frappe deux fois de son épée. Agamemnon tombe. La reine saisit une hache à double tranchant et achève son époux en lui fen-

---

[1] Voir la note p. 37.

dant le crâne. Puis, tout éclaboussée de sang noir, elle se précipite à l'extérieur du palais et se jette sur Cassandre qu'elle tue avec un plaisir effrayant. Les jumeaux de Cassandre n'échappent pas à sa vengeance. Au même moment, les gardes qu'Égisthe avait cachés dans la salle du festin massacrent, comme des animaux à l'abattoir, les fidèles d'Agamemnon désarmés pour assister à la fête. Ensuite ils se postent devant le palais pour repousser une éventuelle émeute. Mais le peuple d'Argos est si abasourdi qu'il ne songe pas à se révolter. Clytemnestre se réjouit de sa vengeance. Le sang qui la couvre lui semble aussi doux que la rosée du matin. Quant à Égisthe, il peut enfin savourer le pouvoir.

Oreste et Électre

A la mort de son père, Électre a craint pour la vie de son jeune frère Oreste. Égisthe aurait pu vouloir se débarrasser d'un héritier encombrant, les meurtres d'enfants ne faisaient peur à personne dans la famille ! Elle a donc préféré le soustraire à ce risque et l'envoyer très loin, en Phocide, chez des amis qui l'élèveraient avec leur fils.

Sept ans ont passé. Égisthe et Clytemnestre règnent sur l'Argolide. Mais Clytemnestre n'est pas tranquille. D'abord il y a Électre, un reproche vivant. Toujours à rappeler le souvenir de son père, toujours à le pleurer, à lancer des imprécations. On la fait vivre comme une esclave, on lui donne les tâches les plus dures, on la prive de nourriture mais rien ne la calme. Elle ne cesse jamais ses menaces contre sa mère. De plus, cette nuit, la reine a fait un songe inquiétant : elle avait enfanté un serpent qu'elle langeait et allaitait comme un enfant. Mais le serpent, en même temps que le lait, lui tirait du sein un caillot de sang. Un mauvais présage, à n'en pas douter ! L'ombre d'Agamemnon réclamerait-elle vengeance ? Pour l'apaiser, elle envoie Électre avec des offrandes sur la tombe de son père.

Devant le tombeau, Électre se laisse aller à des lamentations :

– Ah, mon père ! Comment Clytemnestre a-t-elle l'audace de t'envoyer ces offrandes, elle qui n'a pas hésité à te frapper de sa hache et à t'enterrer sans aucune cérémonie ! Si seulement tu étais mort sous les murs de Troie, tu aurais eu droit à une cérémonie grandiose et ton nom glorieux serait honoré partout alors que je suis la seule à te pleurer, mon pauvre père. Comme j'aimerais voir revenir mon cher Oreste ! Il pourrait te venger en faisant disparaître ces maudits meurtriers, ma mère et son Égisthe. Mais je reste seule et je ne suis qu'une femme incapable de manier les armes.

A ce moment, Électre se penche sur la tombe pour faire des libations[1] et elle aperçoit quelque chose qui l'intrigue : c'est une boucle de cheveux. Elle la prend, la tourne entre ses doigts. Qui a bien pu déposer là cette offrande ? Ces cheveux ressemblent tellement aux siens... Pensive, elle remarque sur le sable une trace de pas. On dirait la sienne. Électre s'illumine : Oreste est de retour. Il est là tout près. Des yeux elle le cherche et il sort de la cachette d'où il observait sa sœur. Les deux jeunes gens s'embrassent.

– Je suis si heureuse de te revoir, petit frère. Pourquoi es-tu là ? Souviens-toi que nous avons le devoir de venger notre père pour que son ombre connaisse le repos.

– Ne t'inquiète pas, lui répond Oreste, je suis ici pour cela. Apollon m'a demandé de faire justice, de rendre coup pour coup. Je dois venir seul, sans armée, sans bouclier et les tuer par la ruse comme ils ont tué notre père. Mais dis-moi, ma mère serait-elle heureuse de me savoir mort ?

– Oh oui ! J'en suis sûre. Elle a encore rêvé de toi cette nuit, comme d'un serpent qui lui arrachait du sang.

– Alors, c'est parfait. Rentre tranquille, ma chère sœur, j'ai un plan.

– Oh, je suis confiante. Tu es là, maintenant. Tout va réussir.

---

[1] On honore les morts et les dieux en répandant des liquides (vin, lait, huile) sur leur tombe ou leur autel. Ce sont des libations.

Oreste se présente à la porte du palais. Il est habillé en voyageur et parle avec l'accent de Phocide :

— Vite ! Ouvrez-moi la porte, je viens de loin et j'ai une nouvelle importante à transmettre au roi et à la reine.

Clytemnestre arrive alors et lui demande :

— Quelle est cette nouvelle, étranger ? Le roi n'est pas là. Mais je suis la reine. Tu peux me l'annoncer sans détour.

— Je viens de Phocide et un homme m'a chargé de vous prévenir qu'Oreste était mort. A mon retour, je dois lui dire que faire de ses cendres. Voulez-vous les enterrer ici ou doivent-elles rester là-bas ?

— Oreste, mort ? Mais comment ?

— Dans une course de char. Il a été renversé et traîné par ses chevaux. C'était un magnifique héros, je suis désolé de t'apprendre cette nouvelle.

— Désolé ? Mais c'est une excellente nouvelle ! Je n'aurai plus à craindre son retour et sa vengeance dont Électre, cet oiseau de mauvais augure, me menaçait sans cesse. Comme si je n'avais pas eu raison de tuer Agamemnon qui me trompait et qui avait sacrifié ma chère petite fille Iphigénie ! Entre, étranger, tu seras notre hôte, je vais tout de suite faire appeler Égisthe. Tu lui raconteras tout ce que tu sais.

C'est justement ce que souhaite Oreste : entrer dans le palais et s'y trouver seul avec sa mère et Égisthe. Il suit donc Clytemnestre qui envoie un esclave chercher le roi. Elle a l'air réjoui. Électre ne se montre pas et seule la vieille nourrice d'Oreste, qui a entendu la conversation, pleure silencieusement sur celui qu'elle a élevé jadis et qu'elle croit mort.

— J'apprends qu'Oreste est mort. C'est une terrible nouvelle pour cette maison marquée par le malheur, dit hypocritement Égisthe en arrivant. Est-ce vrai ou peut-être ce ne sont que des on-dit, des propos de vieilles femmes ? Entre dans cette pièce, étranger, nous serons tranquilles, et viens m'en dire plus. N'espère pas me tromper, je suis très clairvoyant.

Et il entraîne le jeune homme dans une pièce. La reine les suit. Ils s'enferment tous les trois et les esclaves restent dehors. Aussitôt ils entendent un grand cri :

– Ah, ah, hélas ! Je meurs.

C'est la voix d'Égisthe. Aussitôt Clytemnestre s'écrie :

– Qu'as-tu fait ? Tu l'as tué. Tu as tué le roi. Égisthe ! Mon cher Égisthe !

Les serviteurs s'acharnent sur la porte. Ils tentent de l'enfoncer pour venir au secours de leurs souverains mais leur peine est inutile : elle est construite en bois très solide. Ils ne peuvent l'ébranler. A l'intérieur, c'est le silence. Puis on entend des supplications :

– Je te reconnais maintenant. Tu es Oreste. Mais tu ne vas pas me tuer ? Arrête mon fils. Arrête ! Oreste, je suis ta mère.

Oreste hésite. Ne doit-il pas craindre de tuer sa mère ? C'est elle qui lui a donné son lait. Et les terribles Érinyes vont le poursuivre pour ce crime. Oui, mais il y a aussi celles de son père ! Où les fuir s'il ne le venge pas ? Et puis il a promis à Apollon. Il a un devoir à remplir.

– Mon fils, crie Clytemnestre, c'est moi qui t'ai donné le jour, c'est moi qui t'ai nourri. Je veux vieillir avec toi.

– Tu as tué mon père, tu aimais Égisthe et tu veux vivre avec moi ! Non ! Je n'écoute plus rien. Meurs donc !

Et il la transperce de son épée.

Le peuple d'Argos, d'abord muet, approuve cette vengeance qui lui semble juste car, dit-il, le crime appelle le crime. Oreste veut aller se faire purifier de ce meurtre mais il sent sa raison vaciller.

– Je suis comme un cocher dont les chevaux s'emballent. Je ne peux plus gouverner mon esprit. Je deviens fou. Ah! Qui sont ces femmes vêtues de noir, aux cheveux entrelacés de serpents? Je le vois bien, ce sont les filles de la nuit, les terribles Érinyes, les chiennes vengeresses de ma mère. Apollon, Apollon, protège-moi! Elles me pourchassent. Leur gueule, leurs yeux dégouttent de sang.

Poursuivi par les Érinyes, Oreste s'enfuit. Il va se réfugier à Delphes dans le temple d'Apollon, mais la Pythie le repousse. Pour qu'Oreste ait un répit, Apollon endort les Érinyes, mais l'ombre de Clytemnestre les appelle alors et leur fait des reproches :

– Vous n'avez pas pitié de ce que j'endure? Vous dormez? Soufflez sur mon fils votre haleine sanglante. Réveillez-le. Poursuivez-le jusqu'à son suicide. C'est votre rôle.

Et les filles de la nuit reprennent leur harcèlement.

Apollon ne peut rien contre elles. Ce sont des divinités très anciennes. Leurs lois ont précédé celles des dieux olympiens. Il décide de s'en remettre à la sagesse d'Athéna pour résoudre le problème. Mais la déesse refuse de juger seule. Elle convoque une assemblée de sages Athéniens qui se réunissent sur la colline de l'Aréopage. C'est le premier tribunal et le premier procès à Athènes et même en Grèce. Les juges écoutent les raisons des deux parties en présence : Oreste explique les raisons de son acte. Puis Apollon vient plaider pour lui, disant qu'Oreste ne pouvait que venger son père :

– Dans une famille, le père est plus important que la mère, puisque c'est lui qui engendre l'enfant alors que la mère ne fait que le porter[1]. De plus Clytemnestre était coupable du meurtre de son époux.

– Oui mais, répondent les Érinyes, il est plus grave de tuer sa mère qu'un mari qui n'est pas un être de son sang. Et puis, si nous n'étions pas là, on pourrait craindre que chacun se laisse aller au meurtre de ses parents. Vous autres, jeunes dieux, vous voulez tout bouleverser, même les plus antiques usages.

Après réflexion, avec une seule voix de majorité, celle d'Athéna, Oreste est absous du meurtre de sa mère. Pour calmer les terribles filles de la nuit, on leur promet que les parricides seront toujours jugés et châtiés à Athènes et qu'elles-mêmes y seront honorées pour toujours sous le nom d'Euménides c'est-à-dire bienveillantes. Elles se laissent convaincre et Oreste peut repartir à Argos.

---

[1] La médecine grecque ignorait la part que la mère prend à la conception de l'enfant.

Héritage

Les Romains ont été très influencés par la mythologie grecque. Elle reste la base de la littérature, de l'art et de l'éducation, même à une époque très tardive, quand l'Empire romain est devenu chrétien. Si, au Moyen Age, on se tourne plus vers une inspiration chrétienne, les grands récits mythiques comme l'expédition des Argonautes ou l'histoire d'Œdipe sont repris et romancés. Enfin, dès le XIVe siècle en Italie, puis aux XVe et XVIe siècles partout en Europe, l'humanisme et la Renaissance remettent à l'honneur la pensée et les arts de l'Antiquité. La mythologie redevient une source d'inspiration et le restera jusqu'à nos jours avec toutefois quelques éclipses au XIXe siècle où l'on s'intéresse plutôt aux mythologies nordiques. Le XXe siècle innove en proposant une relecture des mythes à la lumière des sciences humaines ou des grands problèmes d'actualité. Le philosophe Albert Camus évoque l'absurdité de la condition humaine en reprenant le mythe de Sisyphe. Freud, celui d'Œdipe. Quand Sartre écrit *Les Mouches* ou Anouilh *Antigone*, pendant la Seconde Guerre mondiale, ils posent le problème de la résistance à l'ennemi. Mais, sans aller si loin, les mythes ont souvent inspiré les artistes.

Les mythes et les cycles héroïques ont donc une postérité dont on peut donner un mince échantillon.

Littérature

Théâtre, au XVIIᵉ siècle : Corneille, *Andromède* (1650) ; *Œdipe* (1659). Racine, *Iphigénie en Aulide* (1674) ; *Phèdre* (1677). Molière, *Amphitryon* (1668).

Au XXᵉ siècle : Cocteau, *Antigone* (1922) ; *Œdipe roi* (1937), *La Machine infernale* (1934). Giraudoux, *La guerre de Troie n'aura pas lieu* (1935) ; *Électre* (1937), *Amphitryon 38* (1938). Sartre, *Les Mouches* (1943) : légende d'Oreste et Électre. Anouilh, *Antigone* (1944)

Romans : Zola, *La Curée* (1872) : L'héroïne ressent pour son beau-fils l'amour que Phèdre ressent pour Hippolyte. Souvent, le personnage de Phèdre inspire les écrivains qui veulent évoquer un amour interdit. Gide, *Thésée* (1946).

Musique

Opéras : (Ils sont très nombreux. Je n'en citerai que quelques-uns.)
Lully, *Bellérophon* (1679). Charpentier, *Médée* (1693). Rameau, *Castor et Pollux* (1737). Gluck, *Alceste* (1767) ; *Orphée et Eurydice* (1762). Haydn, *Orphée et Eurydice* (1791). Richard Strauss, *Electra* (1909). Stravinsky, *Œdipus rex* (1927).

Opéras bouffes : Offenbach, *Orphée aux Enfers* (1858) ; *La Belle Hélène* (1864).

Ballets

Carl Orff, *Antigone* (1948), musique de M. Theodorakis.

Films

On appelle « péplums » les films dont l'intrigue se déroule

dans l'Antiquité. C'était un genre très à la mode au XXe siècle, dans les années 1960.

Héraclès est le héros favori des péplums. Sans souci de rigueur mythologique, il est mis aux prises avec Moloch, les Atlantes, les vampires, les Amazones… On ne peut citer tous ces films. Évoquons toutefois un *Hercule à New York*, d'Arthur Seidelman (1969), dans lequel Héraclès, incarné par Arnold Schwarzenegger, arrive en plein XXe siècle.

Orphée a également beaucoup inspiré les cinéastes en raison de son voyage aux Enfers, mais plutôt dans des présentations modernes du mythe.

Cocteau, *Orphée* (1949) ; *Le Testament d'Orphée* (1959).
Marcel Camus, *Orfeo negro* (1959) qui situe le mythe à Rio de Janeiro, pendant le carnaval.
Citons aussi Cacoyannis, *Électre* (1961) ; *Iphigénie* (1981).
Don Chaffay, *Jason et les Argonautes* (1963).

Indépendamment de ces films, le héros tel que le conçoit la mythologie grecque reste un modèle pour le cinéma. Il n'y a qu'à voir la floraison de tous les super héros qui sauvent le monde. S'ils ne sont pas fils de dieux, ils sont parfois extra-terrestres ou dotés de pouvoirs surhumains. Ils sont quasi invincibles, se tirent de toutes les situations et triomphent face aux forces du mal ou à des êtres étranges venus d'autres univers.

Dessins animés

Walt Disney, *Hercule* (1997) (des travaux qui n'ont rien à voir avec la légende d'Héraclès) et une parodie des travaux d'Hercule dans les *Douze Travaux d'Astérix* (1976).
Une série, *Ulysse 31*, qui mêle les aventures d'Ulysse dans

L'Odyssée avec celles de dieux grecs et de héros. L'ensemble transporté au XXXIe siècle.

Bandes desssinées
Crissé, *Atalante*, Éditions du Soleil.

Peinture, sculpture
Des vases peints grecs aux dessins de Cocteau (Orphée), de Picasso (le Minotaure) ou aux statues de Zadkine (Orphée, Daphné), les représentations des héros sont innombrables et traversent les siècles. Le Louvre en offre de nombreux exemples, mais on peut aussi voir des héros représentés sur les murs ou les plafonds des châteaux français et, si l'on a la chance de voyager, des villas ou des châteaux italiens.

Ces mots qui viennent de la mythologie

Noms propres géographiques
L'Europe
L'Amazone, l'Amazonie car, dit-on, les Européens prirent les premiers Indiens pour des Amazones à cause de leurs cheveux longs.
L'Atlas : un massif montagneux au Maroc où se serait tenu le géant que pétrifia Persée.
Les colonnes d'Hercule : le détroit de Gibraltar.
Le Péloponnèse, la mer Égée, la mer Icarienne et beaucoup d'autres lieux en Grèce.

Prénoms
Ariane (nom d'ailleurs donné à la navette spatiale française).
Ulysse
Achille, Hercule : deux prénoms aujourd'hui démodés mais qui ont été à la mode car ils évoquent la force et la bravoure.
Hélène

Noms d'animaux
Un argonaute, est une sorte de pieuvre vivant dans les mers chaudes.
Une méduse : animal marin pourvu de tentacules urticants qui figurent les serpents dans la chevelure de Méduse.

Noms communs, verbes ou adjectifs

Monter en amazone : façon féminine de monter à cheval.
Un amphitryon : un hôte chez qui on dîne.
Aarachnéen : aussi fin que les fils de l'araignée ou que la tapisserie d'Arachné.
Un atlas : un recueil de cartes géographiques.
Un centaure : un excellent cavalier qui semble faire corps avec sa monture.
Un cerbère : un gardien inflexible et hargneux.
Un dédale, un labyrinthe : un réseau compliqué de chemins tortueux, de galeries… dont on a peine à sortir.
Une harpie, une mégère : des femmes au caractère épouvantable.
Un hercule, herculéen : un homme d'une force exceptionnelle.
Un héros, héroïque : un homme d'un courage exceptionnel.
Méduser : frapper de stupeur.
La muse : allégorie de l'inspiration du poète.
Un orphéon : une chorale.
Un sosie : personne qui a une parfaite ressemblance avec une autre.
Un sphinx : personne énigmatique, dont le visage ne révèle pas les pensées.

Expressions

L'âge d'or : le temps passé, que l'on imagine comme plus heureux que le temps présent.
Le fil d'Ariane : le moyen de parvenir à la solution d'un problème complexe.
Le complexe d'Œdipe : c'est le nom que donne Freud aux pulsions qui poussent le jeune garçon à être amoureux de sa

mère et à rejeter son père comme un rival auprès de sa mère.
Le complexe d'Électre : c'est, selon le psychanalyste Jung, l'équivalent féminin du complexe d'Œdipe : attachement passionné au père et désir du meurtre de la mère.
Écouter le chant des sirènes : se laisser séduire.
Nettoyer les écuries d'Augias : mettre fin à la corruption au prix de sévères réformes.
Un supplice de Tantale : une situation où on est proche de l'objet d'un désir sans jamais réussir à l'atteindre.
Les travaux d'Hercule : une entreprise très difficile, presque insurmontable.
Une tunique de Nessus : une douleur morale dévorante à laquelle on ne peut échapper.
Sous l'égide de... : sous la protection de.

Pour en lire davantage

Bibliographie générale
Pierre Grimal : *Dictionnaire de la mythologie grecque et romaine*, coll. «Grands Dictionnaires», PUF
Robert Graves : *Les Mythes grecs*, coll. «La Pochotèque», LGF
René martin : *Dictionnaire culturel de la mythologie gréco-romaine*, Nathan

Théâtre grec et latin
Agamemnon Eschyle : *Agamemnon*
Alceste Euripide : *Alceste*
Étéocle et Polynice Eschyle : *Les Sept contre Thèbes*
　　　　　　　　　Euripide : *Les Phéniciennes*
Héraclès Sophocle : *Les Trachiniennes*
　　　　　Euripide : *La Folie d'Héraclès*
Iphigénie Euripide : *Iphigénie en Aulide*
　　　　　　　　　Iphigénie en Tauride
Médée Euripide : *Médée*
Œdipe Sophocle : *Œdipe roi*
　　　　　　　　Œdipe à Colone
　　　　　　　　Antigone
Oreste et Électre Eschyle : *Les Choéphores*
　　　　　　　　　　　　Les Euménides
　　　　　　　Sophocle : *Électre*
　　　　　　　Euripide : *Électre*
　　　　　　　　　　　Oreste
Phèdre et Hippolyte Euripide : *Hippolyte*
Thyeste et Atrée Sénèque : *Thyeste*

Récits (traduits de poèmes latins et grecs)

On trouve des récits sur presque tous les héros de ce livre et d'autres encore dans *Les Métamorphoses* du poète latin Ovide.

Arachné : Livre VI ; **Atalante :** Livre X ; **Cadmos :** Livres III, IV, VI, IX ; **Danaé :** Livres IV, V, VI, XI ; **Dédale :** Livres VIII, IX ; **Héraclès :** Livres VII, IX, XI, XII, XIII ; **Hippolyte :** Livre XV ; **Iphigénie :** Livre XII ; **Jason, Médée :** Livres VII, VIII ; **Le mythe des quatre âges :** Livre I ; **Minos, Pasiphaé, le Minotaure :** Livres VIII, XV ; **Niobé :** Livre VI ; **Œdipe :** Livre XV ; **Orphée :** Livres X, XI ; **Persée :** Livres IV, V ; **Sisyphe :** Livres IV, X, XIII ; **Tantale :** Livres IV, VI, X, XII ; **Thésée :** Livres VII, VIII, XII, XV.

On en trouve aussi dans *L'Iliade* et *L'Odyssée* d'Homère.

Les Géorgiques, Livre IV (vers 453 et suivants) de Virgile évoquent **Orphée**.
L'Énéide, de Virgile Livre VI présente la géographie des **Enfers**.
Les Travaux et les jours, d'Hésiode, évoquent le mythe des âges.

NOTE DE L'AUTEUR

Est-il vraiment nécessaire de publier au XXIe siècle un recueil des mythes grecs ? Et pourquoi s'intéresser particulièrement aux héros ?

En grec, le mot *muthos*, qui est à l'origine du mot français mythe, signifiait simplement « parole, discours ». Puis le mot s'est spécialisé pour évoquer plutôt une histoire inventée, un récit. Mais, à la différence de la légende, le mythe n'est pas seulement une histoire que l'on raconte pour le plaisir. Le mythe n'est jamais gratuit, on y trouve toujours une ou généralement plusieurs significations.

La fonction du mythe est d'évoquer les grands mystères qui inquiètent l'humanité : l'origine et la fin du monde, la présence de forces incontrôlables par l'homme ou certains comportements humains aberrants. C'est pourquoi l'amour, la violence, l'inceste, le meurtre n'en seront pas absents. Le mythe ne cherche pas à expliquer l'inexplicable mais il a une autre démarche : il donne des clés pour interpréter ces mystères, en passant par l'imagination.

Ces préoccupations sont-elles si différentes des nôtres ? Les comportements humains qu'ils évoquent ne nous concernent-ils pas ? Si ce n'était pas le cas, pourquoi des psychanalystes comme Freud les auraient-ils pris comme modèles en étudiant par exemple le complexe d'Œdipe ?

Les mythes grecs sont donc des textes fondateurs et les héros des modèles. Une bonne part de la littérature française reste incompréhensible à qui n'a jamais entendu parler de Thésée, de Phèdre, de la guerre de Troie. Les emprunts de nos écrivains aux héros grecs sont incessants. Les dessins animés, les bandes dessinées, les films évoquent les travaux d'Hercule, Atalante ou Troie. La peinture, la sculpture, depuis la Renaissance, s'inspirent des sujets mythologiques.

Et au-delà, nous vivons toujours avec le modèle du héros qui, à lui tout seul et parfois seul contre tous, est un sauveur. S'il n'est plus l'enfant d'une divinité ou le favori des dieux, il reste un super héros, parfois venu d'un autre monde ou du futur pour sauver la Terre et l'humanité.

L'héritage des héros de l'antiquité grecque est donc si manifeste qu'il fallait tenter d'en restituer une image le plus conforme possible à celle qu'ils avaient dans l'Antiquité. C'est une entreprise assez difficile car, ce qui caractérise les mythes grecs, c'est qu'ils sont racontés. Ils ont été transmis oralement. Il y a même parfois des variantes, suivant les régions ou les époques. En effet, les mythes, tels que nous les connaissons, sont des synthèses d'époques différentes, bien antérieures à l'écriture. On ne peut donc pas s'appuyer sur des textes qu'il suffirait de traduire car les textes sont fragmentaires et tardifs, les plus anciens poètes grecs, Hésiode et Homère, n'ayant écrit qu'au VIIIe siècle avant notre ère.

Il a bien sûr fallu que je compulse les ouvrages modernes des grands collecteurs de mythes puis que je retourne aux auteurs qui les ont fixés. Les plus célèbres sont les auteurs de tragédie du Ve siècle avant notre ère. Mais il y a aussi des poètes grecs et latins.

Quand il y avait plusieurs versions du même mythe, j'ai choisi la plus connue, même si elle n'est pas la plus ancienne. Ainsi, le mythe d'Œdipe est surtout connu par les tragédies de Sophocle, celui d'Agamemnon et d'Oreste par celles d'Eschyle etc. Ces versions introduisent la fatalité dans le mythe, font l'éloge de la vie politique athénienne, ce qui était fort étranger à l'esprit des anciens mythes. Elles donnent aux personnages une psychologie plus complexe que dans les mythes primitifs. Mais ce sont les versions les plus connues, celles que les jeunes lecteurs seront à même de rencontrer. De même, les emprunts à Homère ou à Ovide m'ont permis de donner de la vie et de la poésie aux récits.

Il était difficile de garder à la fois une certaine authenticité aux mythes et de les rendre lisibles par tous. J'ai choisi de conserver la violence, la cruauté et la sexualité, qui montrent bien les pulsions qui inquiétaient l'humanité au point qu'on juge nécessaire de les consigner dans les mythes. Le meurtre du père et l'inceste d'Œdipe par exemple. Cet univers reflète aussi une société hiérarchisée et un monde où l'homme doit garder humblement sa place face aux forces qui le dominent et que les mythes nomment les dieux. C'est de plus un monde de domination masculine où la femme qui sort de son rôle paraît inquiétante comme la sorcière Médée.

En revanche, j'ai préféré élaguer les histoires, selon le principe de l'unité d'action, en supprimant quelques figurants et quelques noms. J'ai choisi de centrer chaque récit sur un héros, la seule chronologie possible étant celle des généalogies. J'ai limité les notes au minimum pour éviter l'encombrement.

J'espère avoir réussi à donner à mes lecteurs autant de plaisir que j'en ai eu à écrire ces récits.

TABLE DES MATIÈRES

3 Présentation de la collection

7 Qu'est-ce qu'un héros ?

9 Dieux grecs et romains
10 Généalogie des dieux grecs
15 Oracles et devins

18 Le mythe des quatre âges

21 **Persée**
23 Persée et Méduse
27 Persée et Andromède

33 **Sisyphe**

39 **Bellérophon**

47 **Œdipe**
47 Cadmos et la fondation de Thèbes
48 Œdipe et le sphinx
59 Étéocle et Polynice : les sept contre Thèbes
63 Antigone

68 **Orphée**

76 **Héraclès**
76 Enfance
80 Les travaux d'Héraclès
99 Des expéditions et des femmes

107 Alceste

114 Jason
114 Jason et la Toison d'or
130 Jason et Médée

135 Minos
135 La naissance de Minos
136 Un puissant roi de Crète
137 Le Minotaure
138 La chute d'Icare
139 Les infidélités de Minos
139 La résurrection de Glaucos
141 L'expédition contre Athènes
143 La mort de Minos

145 Thésée
145 Enfance
146 Les travaux de Thésée
149 Retrouvailles
151 Thésée et le Minotaure
153 Ariane
154 Phèdre et Hippolyte
157 Pirithoos et Thésée
159 La mort de Thésée

160 Atalante
160 Enfance
161 Atalante et Méléagre
164 Le mariage d'Atalante

167 La malédiction des Atrides
167 Tantale
170 Niobé
174 Pélops
179 Atrée et Thyeste

190 Agamemnon
190   Affaires de famille
192   Le sacrifice d'Iphigénie
198   Le meurtre d'Agamemnon
203 Oreste et Électre

209 Héritage
213 Ces mots qui viennent de la mythologie
216 Pour en lire davantage

218 Note de l'auteur

TABLE DES ILLUSTRATIONS ET CRÉDITS PHOTOGRAPHIQUES

Couverture
1er plat Dinos à figures noires, détail. © Photo RMN /Hervé Lewandowski.
2ème plat Illustration Clotilde Perrin.
Coucher de soleil. © Brand X Pictures, 2001.
Hercule à New York. © Christophe L.
1 Peintre de Barclay, péliké à figures rouges : Bellérophon chevauchant Pégase, combat la chimère, vers 450/440 av J.C. Paris, musée du Louvre.
© Photo RMN /Hervé Lewandowski. **2** Groupe Tyrrhénien, Dinos à figures noires: Héraclès et les Amazones ; course de Chevaux ; frise d'animaux, vers 575-550 av J.-C. Paris, musée du Louvre. © Photo RMN /Hervé Lewandowski. **3** Grèce antique, Lécythe à figures noires : Héraclès et le lion de Némée vers 540 av J.-C. Paris, musée du Louvre ©Photo RMN /Hervé Lewandowski. **4** Thésée tuant le Minotaure, mosaïque romaine, Ivème s. Provenance : villa romaine près de Salzbourg. Vienne, Kunsthistorisches Museum. © Akg-images / Erich Lessing.
5 Art mycénien, 2° moitié du 16° s. avant JC. Masque mortuaire, dit "Masque d'Agamemnon". Or,. Découvert par Heinrich Schliemann à Mycènes. Athènes, Musée National d'Archéologie.© Akg-images. **6-7** Paul Véronèse, Paolo Caliari, dit (1528-1588). L'Enlèvement d'Europe, huile sur toile, 1550. Venise, Palais des Doges, Sala del anticollegio. Akg-images / Cameraphoto. **8** Eugène Delacroix (1798-1863), Médée, huile sur toile, 1838. Lille, musée des Beaux-Arts. © Photo RMN /Philippe Bernard. **9** Jean-Auguste-Dominique Ingres (1780-1867), Oedipe explique l'énigme du Sphinx, huile sur toile, 1808. Paris, musée du Louvre. © Photo RMN /René-Gabriel Ojéda. **10** Pablo Picasso (1881-1973), Minotaure et jument morte devant une grotte face à une jeune fille au voile, encre de Chine, gouache, 6 Mai 1936. Paris, musée Picasso © Photo RMN ©Succession Picasso, Paris, 2006. **11** Ossip Zadkine (1890-1967), Orphée, plâtre, 1928. Paris, musée national d'Art moderne - Centre Georges Pompidou. © Photo CNAC/MNAM Dist. RMN - © Adagp, Paris 2006.
12g Maria Callas (1923-1977) dans Médée, de Luigi Cherubini, à l'opéra de Dallas (Texas), 1958 © akg-images / Ullstein Bild. **12d** Page de titre de l'édition pour piano d'Elektra de Richard Strauss, (1864-1949). Livret de H.v. Hoffmannstal. Lithographie de Louis Corinth (1858-1925). 1908. © akg-images. **13** "Orphée et Eurydice" de C.W. Glück par Gérard Vergez au Théâtre des Champs Elysées en 1988. Avec Marylin Horne (Orphée), Ruth Ann Swenson (Eurydice) © Philippe Coqueux/Specto.
14-15 Jason et les Argonautes, film 1963 ; réalisateur : Don Chaffey. © Collection Christophe L. **14bg** Orfeu negro, film, 1959, réalisateur : Marcel Camus; Marpessa Dawn ; Breno Mello. ©Collection Christophe L. **14m** Hercule, film d'animation, 1997 ; réalisateur : Ron Clements, John Muskers. © Collection Christophe L. **15m** Hercule à New York, film, 1970 ; réalisateur : Arthur Allan Seidelman. Avec Arnold Schwarzenegger © Collection Christophe L. **16** Arno-Aa (né en 1943), La toison d'or, sculpture, 2005. Banque d'images-Adagp, © Adagp, Paris 2006.

Avec la participation de Pierre Jaskarzec pour les annexes et le cahier illustré.

Loi n°49-956 du 16 juillet 1949
sur les publications destinées à la jeunesse
ISBN 978-2-07-050899-4
Numéro d'édition : 160665
Numéro d'impression : 90058
Premier dépôt légal : août 2006
Dépôt légal : mai 2008
Imprimé en France sur les presses de la Société Nouvelle Firmin-Didot